Das Buch

Weihnachten ist – [illegible] ebe! Aber wenn es um unsere Verwandtschaft und deren termingerechte Versorgung mit Weihnachtsseligkeit geht, kommt es doch sehr darauf an, *wie* da geliebt wird. Baum oder kein Baum? heißt die Frage zum Beispiel. Oder: Was schenken wir Tante? Was macht man(n) mit seiner Geliebten? Und wer nimmt überhaupt Oma? Am Schluß kommt sogar der Weihnachtsmann selbst noch in Nöte, weil die Himmlische Kommission ihn beschuldigt, den Konsumterror auf unverantwortliche Weise gesteigert zu haben ... Scheibners familienfreundliche Satiren machen Freude – und nachdenklich.

Der Autor

Hans Scheibner wurde am 27. August 1936 in Hamburg geboren, ist gelernter Verlagskaufmann, Journalist, Texter und Liedermacher. Er lebt in Hamburg. Bekannt wurde er u. a. durch seine satirische Fernsehsendung ›Scheibnerweise‹. Neben mehreren Schallplatten veröffentlichte er u. a. ›Wenn die Nachtigall zuschlägt‹ (1973), ›Spott zum Gruße‹ (1975), ›Höhenflüge über der Blechlawine‹ (1978), ›Darf der das?‹ (1980), ›Keine Angst vorm Feuer – wir löschen mit Benzin‹ (1982), ›... das macht doch nichts – das merkt doch keiner‹ (1985).

dtv großdruck

Hans Scheibner:
Der Weihnachtsmann in Nöten
Satiren

Deutscher
Taschenbuch
Verlag

Von Hans Scheibner
ist im Deutschen Taschenbuch Verlag erschienen:
Lemminge, Lemminge (10314)

Originalausgabe
1. Auflage Oktober 1986
2. Auflage Oktober 1987: 13. bis 18. Tausend
Deutscher Taschenbuch Verlag GmbH & Co. KG,
München

Umschlaggestaltung: Celestino Piatti
Umschlagbild: Walter Wachsmuth
Gesamtherstellung: C. H. Beck'sche Buchdruckerei,
Nördlingen
Printed in Germany · ISBN 3-423-02583-2

Inhalt

Schlicht und einfach

Haben Sie auch dieses völlig neue Weihnachtsgefühl? Ich meine: diese Vernunft, die überall durchkommt. Daß die Leute diesen sinnlosen Weihnachtsrummel nicht mehr mitmachen. Schämen sich für den ganzen Luxus und die vielen Geschenke und besinnen sich wieder auf das Schlichte, Einfache.

Ging ja schon los bei der Weihnachtsbeleuchtung. In früheren Jahren dieser teure Lichterglanz: Tausende von Glühbirnen versprühten ihre Energie völlig unsinnig in die Gegend. Aber diesmal: ganz sparsame Beleuchtung, ganz schlicht und einfach. Und siehe da, der Einzelhandel meldet: Umsatzmäßig alles okay. Hat sich also diese fehlende Festbeleuchtung kein Stück geschäftsschädigend ausgewirkt. Im Gegenteil, haben ja die Geschäfte auch noch die Stromkosten gespart.

Und überhaupt, die dingsda, die Motivation ist dieses Jahr – also irgendwie gesünder. Früher hat z. B. unser entfernter Cousin, Speditions-Unternehmer Manfred Baumann, immer gesagt: »Erika kriegt 'n Tigerpelz, weil in unseren Kreisen, da kannst du echt nicht mehr in Kamelhaar rumlaufen.« – Aber diesmal zu Weihnachten denkt er plötzlich auch ganz schlicht und einfach: »Ich schenk' Erika den Brillant-Anhänger, aus Vernunftsgründen. Weil – man muß sein Geld schließlich in Wertgegenständen anlegen. Du weißt ja gar nicht, was morgen kommt. Und auch in puncto Kleidung, hab ich gesagt, wird jetzt praktisch geschenkt. Sie kriegt nicht mehr irgend so'n teuren Modefummel, den sie nach sechs Wochen schon an die Alsterdorfer Anstalten gibt, sondern ein gutes, vernünftiges Lederkostüm – Antilope – wo sie was von hat! Was auf Dauer gedacht ist! Kostet zwar dreitausend Mark, aber die sind nicht weg. Wir machen dieses sinnlose Geldausgeben nicht mehr mit!«

Ja, überall diese Vernunft und einfache Schlichtheit. Annelie und Holger, meine alternativen Freunde, schenken sich überhaupt nichts. Holger sagt: »Dieser materialistische Austausch von Industrieprodukten tötet nur das natürliche Gefühl für humane Kommunikation!« Er und Annelie sitzen Heiligabend bei einem Glas Tee unterm Strohstern – selbstgeflochten – und lesen. Er wird ihr dieses ungeheuer angesagte Öko-Werk ›Der andere Weg ...‹ (39,80, broschiert) übergeben – also nicht schenken. Denn das Buch ist für sie mehr so 'ne Art Fachliteratur, die sie einfach lesen muß. Und dazu hören sie wahrscheinlich die Lieder von diesem ungeheuer schlichten Liedermacher mit diesem einfachen Sound und dem sensiblen Gewissen. Annelie übergibt die LP Holger – auch mehr als geistiges Rüstzeug, nicht als Geschenk.

Vernunft also an der ganzen Weihnachtsfront, besonders zu merken an den Weihnachts-Glückwunschkarten. Die Heizkörper-Firma Brodermann & Co. hat dieses Jahr an alle ihre Kunden einen schlichten, einfach bedruckten Büttenkarton geschickt, wo vorne nur ein grüner Stern drauf ist und drinnen in schlichten, grauen Lettern der Text: »Liebe Kunden, wir halten nichts von der unpersönlichen Glückwunschkarten-Flut mit dem stereotypen ›Fröhliche Weihnachten‹. Darum möchten wir Ihnen ganz persönlich und menschlich ein frohes Fest wünschen und ein erfolgreiches Jahr 1987«. – Und diese schlichte Karte hat sie an zweitausend Kunden geschickt.

Das Einfache, das Echte hat diesmal die Oberhand, die Vernunft, das Persönliche.

Und damit, liebe Leser: Fröhliche Weih... Nein, so nicht. Ich möchte Ihnen vielmehr diesmal so richtig von Herzen, und nicht etwa allen Lesern zusammen, sondern jedem einzelnen ganz einzeln – ich will sagen: nur Ihnen, die Sie diese Zeilen jetzt lesen, ja, Sie sind gemeint, möchte ich äh – wie bitte? – ja richtig ein frohes Fest wünschen. Ganz schlicht. Und einfach.

Grünkohl

Shakespeare hat ja einen Haufen Dramen geschrieben. Dann ist er gestorben. Aber die Welt hat seine Dramen. So ähnlich ist es mit Schiller. Rembrandt hat ein paar ganz hübsche Bilder gemalt. Nun ist er schon länger tot. Aber das ist eigentlich gar nicht schlimm: Die Welt hat ja seine Bilder. Meine Mutter dagegen – die hat in dieser Welt eine große Lücke hinterlassen; denn seit sie nicht mehr lebt, kann kein Mensch auf der Welt mehr richtig Grünkohl kochen.

Ja, ich weiß, verehrte Leserin, verehrter Leser – Sie meinen, Sie könnten auch Grünkohl kochen. Aber bedenken Sie: Ich kann auch Bilder malen. Nur – mit Rembrandt ist das kein Vergleich ...

Der Grünkohl meiner Mutter ... Ich möchte das mal so ausdrücken: Als ich damals vor der Frage stand, vier Jahre nach Amerika zu gehen, hat meine Mutter alles mögliche versucht, mir das auszureden. Das bestärkte mich nur immer noch mehr in meiner Absicht. Dann hat sie gefragt: »Und wer kocht dir zu Weihnachten den Grünkohl?« Da bin ich hiergeblieben.

Dabei war meine Mutter gern bereit, jedem, der es wünschte, das Rezept zu überlassen. Es liegt nicht am Rezept! Es muß irgendwas anderes sein.

Meine Frau und ich versuchen seit zehn Jahren, den Grünkohl nach dem Rezept meiner Mutter zu kochen. Und jedesmal behauptet meine Frau: Jetzt schmeckt er genauso wie bei dir zu Hause. Aber – ich weiß nicht, ob Sie mich verstehen: Kopie bleibt Kopie!

Es gab in unserer Familie oft gewisse Differenzen. Weltanschaulicher Art und so. Zwischen Vater und Sohn fanden richtige Glaubenskriege statt, wo die Bücher durch die Gegend flogen. Meine Schwester sorgte für Liebestragödien griechischen Ausmaßes. Manche Familienangelegenheiten kosteten ganze Eimer voll Geschirr. Aber wenn es dann soweit war, daß der erste Frost den Grünkohl ereilt hatte (Frost muß er gehabt haben, und zwar im Beet, nicht im Kühlschrank, pfui Teufel!), wenn meine Mutter die Parole ausgab: Sonnabend gibt's Grünkohl – dann waren Politik und Liebe Nebensache. Eine heilige Handlung kann man doch nicht mit solchen lächerlichen Problemen entweihen.

Nun werden Sie fragen: Wie schmeckte er denn, dieser sagenhafte Grünkohl? Darauf kann ich Ihnen nur antworten: Es ist sinnlos, das zu beschreiben. Der Grünkohl meiner Mutter ... ach, ich zittere vor Erregung, wenn ich daran denke, wie es immer war, wenn sie sagte: »Sobald der erste Frost da war, mach' ich auch dieses Jahr wieder Grünkohl!«

Und dann werde ich traurig. Ach niemand, niemand auf dieser Welt kann heutzutage noch Grünkohl kochen.

Übrigens – so was Lächerliches: Da hat mir doch tatsächlich neulich dieser Herr Mühlmann, unser Nachbar – sonst eigentlich ein netter Mensch –, hat mir dieser Herr Mühlmann doch einreden wollen, es gäbe keine Frau auf der Welt, die den Grünkohl so kocht wie *seine* Mutter. Was manche Leute sich so einbilden!

Eigentlich

Eigentlich – sprach der Ehemann –
weiß ich, daß ich mich
nicht in jedes Bett mehr legen kann.
(Eigentlich)

Eigentlich – sprach der General –
hasse ich den Krieg.
Blut ist schlecht ersetzbares Material.
(Eigentlich)

Eigentlich – sprach der Kommunist –
da befürchte ich,
daß der Mensch so ideal nicht ist.
(Eigentlich)

Eigentlich – sprach der Aktionär –
gut verstehe ich
auch die Hafenarbeiter.
(Eigentlich)

Eigentlich – spricht selbst der Despot –
Macht macht unglücklich.
Nirgends ist man mächtig vor dem Tod.
(Eigentlich)

Eigentlich sind wir alle nur
gut und großmütig.
Und vor allem sind wir von Natur:

Eigentlich ...

Überall Stiefel

Komm ich doch heut morgen durch den Stadtpark – und denke: nanu? Da sitzt auf einer Bank im Morgengrauen ein alter Mann und hat so 'nen verblichenen roten Mantel an. Ein langer weißer Bart wallt ihm darüber – und neben ihm, halb im Gebüsch, steht ein Pferd. Vorsichtig schleich ich mich von hinten ran und höre, wie der Alte vor sich hinbrummt:

»Stiefel. Nix wie Stiefel. Große, kleine, ausgelatschte, kaputte, ungeputzte, geputzte – ich seh' überall nur Stiefel! Und diese Gerüche. Was für Gurken die mir zum Teil vor die Tür gestellt haben. Das ganze Jahr tragen sie keine Langschäfter. Aber wenn ich komme, dann holen sie die ältesten Treter vom Boden.«

Das Pferd – ein Schimmel – schnaubte verächtlich und kaute auf einem Zweig. Der Alte nahm einen Schluck aus der Taschenflasche. Dann brummte er wieder:

»Möchte überhaupt mal wissen: was soll diese Sitte? Mit den Stiefeln vor der Tür! Wenn man die Herren von der himmlischen Geschäftsführung darüber befragt, kriegt man bloß zur Antwort: Tradition! Hat mir doch neulich dieser Sankt Michael weismachen wollen: ›Der Stiefel vor der Tür,

Nikolaus, ist eine Art Friedenssymbol. Eine Geste des Vertrauens. Der Mensch ist mit nur *einem* Stiefel sozusagen hilflos. Er kann vor seinen Feinden nicht mehr fliehen. Indem er den Stiefel vor die Tür stellt, bringt er zum Ausdruck: Ich gebe mein Mißtrauen auf, ich vertraue auf die Liebe.‹«

Der Schimmel hob den Kopf und wieherte belustigt.

»Ja, da mußt du wiehern, was?« lachte der Alte. »Dabei hat das einen ganz einfachen Grund. Sie stellen nur *einen* Stiefel vor die Tür, weil mit einem Stiefel allein keiner was anfangen kann. Ein komplettes Paar könnte ja geklaut werden. So sieht es aus – und überhaupt ...«

Er nahm wieder einen Schluck aus der Flasche. Es war Rum drin. »... der Stiefel ist doch kein Symbol des Friedens. Was machen die Menschen mit ihren Stiefeln? Sie treten! Und das nicht nur zur Weihnachtszeit! Guck dir doch die Welt mal an! Im Stechschritt marsch! Und links, zwei, drei ...! *Das* fällt mir ein, wenn ich Stiefel sehe! – Hast du gesehen –« (er sprach zu seinem Pferd) – »der alte Grätzig, der pensionierte Feldwebel, hat doch tatsächlich wieder seine Kommiß-Stiefel vor die Tür gestellt. Na, dem hab ich's gezeigt. Heftzwecken hab ich ihm reingetan ...«

Das Pferd scharrte mit den Hufen und schüttelte sich, so daß die kleinen Glöckchen an seinem Zaumzeug läuteten.

»Das dürfen die im Himmel natürlich nicht wissen, daß ich hier unten jedesmal die Wut kriege am Nikolaustag. Früher, da hatte ich nur Äpfel, Nüsse und Mandelkern im Sack. Die konnte man bequem in jedem Schuh unterbringen. Vielleicht noch einen Tannenzapfen dazu und fertig. Aber heute? Mit Kassettenrekordern schicken sie mich los, mit Waschmaschinen und Fahrrädern, sogar mit Rasenmähern. Nun versuch du mal, so was in einen Stiefel reinzukriegen!

Ein Kreuz ist das. Und darum sag ich: Man sollte die Sitte ändern. Wenn schon symbolisch – dann sollen die Leute in Zukunft lieber ihren Hut vor die Tür legen: als Symbol für Bettelei und Habgier. Oder noch besser gleich einen mittelgroßen Container!«

Es war nur noch *ein* Schluck in seiner Flasche. Als er den getrunken hatte, mußte er plötzlich lächeln und murmelte:

»Wenn meine Else vom Fischmarkt nicht wäre, würde ich ja an der Menschheit verzweifeln. Aber die vergißt mich nie. Jedes Jahr ist in ihrem Stiefel schon was drin, wenn ich hinkomm': mein Rum! So was kriegt man ja nicht bei uns da oben! Ich glaub', das ist der einzige Grund, warum ich überhaupt noch jedes Jahr wiederkomm'.«

Er schwankte etwas, als er seinen Schimmel am Zügel faßte und sich langsam in Richtung City entfernte ...

Heldenhaft gesund

Wenn Gerd in diesen feuchten Herbsttagen wieder leichte Schmerzen im Hals spürt und so ein Kribbeln in allen Gelenken, gibt es für ihn zwei Möglichkeiten.

Entweder er sagt zu Inge: »Inge, ich werde krank, ich krieg' meine Grippe.«

Dann muß er natürlich alle weiteren Konsequenzen in Kauf nehmen: Inge bedauert ihn. Das ist schön. Das mag er. Aber dann muß er gurgeln, inhalieren, im Haus bleiben, zum Arzt gehen, sich krank schreiben lassen.

Also gibt es noch das *Oder.*

Gerd beherrscht sich. Sagt nicht, daß er Halsschmerzen hat, ignoriert das Kribbeln in allen Gliedern, hustet nicht mehr als unbedingt nötig. Und wenn Inge ihn fragend ansieht, sagt er leichtsinnig:

»So'n kleiner Schnupfen, weißt du, nicht der Rede wert.«

Dann muß er natürlich ebenfalls alle Konsequenzen in Kauf nehmen: Inge bedauert ihn nicht. Gerd muß den Mülleimer runterbringen wie immer. Vielleicht sogar noch das Laub im Garten zusammenharken. Er muß zur Arbeit gehen. Er darf nicht stöhnen.

Zum Arzt gehen – nee. Das haßt Gerd wie die

Pest. Aber kein bißchen bedauert werden. Das ist auch nicht das Wahre.

Doch wie erregt man das Mitleid seiner Frau, ohne daß man gleich zum Arzt gehen muß?

Antwort: Man verleugnet die Krankheit. Aber so, daß die Frau den heldenhaften Kampf bemerkt.

Beim Frühstück faßt sich Gerd kurz an den Hals und schluckt zweimal mit schmerzverzerrter Miene.

»Ist was, Liebling?« fragt Inge. »Hast du Halsschmerzen?«

»Nein, nein, nur so 'n leichtes Kratzen.«

Später wischt er sich – »heimlich« –, also so, daß Inge es sehen kann, Schweißperlen von der Stirn.

»Hast du Fieber?«

»Ach was, vielleicht 'n kleinen Schnupfen, kaum der Rede wert.«

Dann muß er vielleicht noch irgendwann im Flur sich mal plötzlich an den Kopf fassen oder ein bißchen taumeln. Aber so, daß Inge glauben muß, er fühle sich unbeobachtet.

»Gerd, du bist krank. Du hast 'ne Grippe. Gib es zu.«

»Nein, Liebling, ich sag' dir doch, so 'n kleiner Schnupfen.«

»Es ist unverantwortlich von dir, wenn du so zur Arbeit gehst.«

»Aber Liebling, ich kann doch nicht wegen jeder Kleinigkeit fehlen.«

»Du spielst wieder den Helden. Du gehörst ins Bett. Aber du *willst* mal wieder nicht krank sein.«

Wunderbar! Jetzt hat er sie genau da, wo er sie hinhaben wollte: Sie weiß, daß er krank ist. Sie hält ihn für einen Märtyrer, der seinen elenden Zustand mannhaft verleugnet. Sie bewundert ihn in gewisser Weise. Sie macht sich Sorgen. Sie hat Mitleid. Aber er braucht nicht zum Arzt. Denn er gibt es ja nicht zu.

Allerdings, nun beginnt Inges Psychologie. Sie muß nun ihr mitleidiges, mütterlich-sorgenvolles Herz überwinden. Muß hart sein, weil sie sein Spiel durchschaut.

»Also gut«, sagt sie. »Wenn du nicht krank bist, bring den Mülleimer runter, und heute abend müßtest du wirklich mal das Laub im Garten zusammenharken.«

»Aber ich hab' doch ...«

»Wenn du nicht zum Arzt gehst, bist du auch nicht krank. Also verschon mich mit deinem Gestöhne. Ich bemitleide dich nicht.«

Ja, wenn sie das fertigbringt, steht das Grippe-Psychodrama unentschieden.

Dann kann es sogar passieren, daß Gerd doch noch zum Arzt geht:

»Meine Frau schickt mich, Herr Doktor. Ich soll angeblich sehr krank sein.«

»Verstehe«, sagt der Doktor. »Hier haben Sie ein Rezept. Und nun gehen Sie mal nach Hause und lassen sich ausgiebig von Ihrer Frau bedauern.«

Friedensliebe

Alle Menschen lieben nur den Frieden.
Notabene: sagen sie.
Würde jeder doch den Frieden lieben.
Notabene: klagen sie.
Friede, keiner kämpft für dich,
sagt ein jeder, so wie ich!

Präsidenten selbst sind für den Frieden,
Kriegsminister, General.
Sagen: Keiner kann den Frieden lieben
So wie wir in jedem Fall.
Friede – jeder liebt dich halt –
Auch, wenn's sein muß: mit Gewalt!

Völker sich bedrohen und berauben.
Aber jeder Friede! schreit.
O ihr Menschen, gern will ich euch glauben,
Daß ihr Friedens-Freunde seid.
Scheint wohl so, denk ich betrübt:
daß der Friede *euch* nicht liebt!

Erfindungen scheibnerweise

Es ist höchste Zeit, die Öffentlichkeit darüber aufzuklären, welche unsterblichen Werke das deutsche Volk, nein, ich möchte sagen, die Europäische Gemeinschaft, ach was, die zivilisierte Menschheit überhaupt, dem Geschlecht derer von Scheibner zu verdanken hat! Nein, ich rede hier nicht von meinem eigenen Beitrag zur Geistesgeschichte der Gegenwart – das verbietet mir meine unüberwindliche Bescheidenheit. Vielmehr möchte ich meine Zeitgenossen darüber informieren, daß sie den gesamten technischen Fortschritt, mit dem sie täglich umgehen, keinem anderen zu verdanken haben als meinem viel zu früh verblichenen Vater Karl Heinrich Scheibner.

Beweis 1: Mein Vater ist der Erfinder der Küchenmaschine. Ich erinnere mich noch sehr genau an jenen 3. Advent 1946, als meine Mutter in der Ein-Zimmer-Mehr-Familien-Wohngarage mit Kochnische und Drei-Etagen-Schlafturm, in welcher wir damals lebten, eine Vanille-Zucker-Mondamin-Schlagsahne herstellen wollte. Sie verwendete zum Schlagen eine aus dem Krieg gerettete Gabel. Die cremige Masse war jedoch durch kein noch so kräftiges Gabelschlagen zu bewegen, sich in Schaum zu verwandeln.

Mein Vater saß mit gerunzelter Stirn daneben. Plötzlich, man konnte es ihm ansehen, ereilte ihn ein Genie-Blitz. Er holte einen alten Messingdraht aus der Werkzeugkiste, bog ihn über Kreuz – so daß etwas wie ein Quirl entstand –, steckte ihn in die alte, vor dem Krieg gerettete Bohrmaschine und bat meine Mutter, den Topf festzuhalten. Dann hielt er die Bohrmaschine über den Topf, steckte den Quirl in die Vanillecreme und drückte auf den Knopf.

Im nächsten Augenblick klebte die Vanillecreme an der Wohnküchenwand, weil die ca. 8000 Umdrehungen/Min. der alten Bohrmaschine für ein Küchengerät wohl doch etwas zu schnell waren. Diese gewisse Anfangsschwierigkeit überwand er jedoch schnell durch geschickte Quirl-Haltung – und bald kamen sämtliche Hausfrauen der Nachbarschaft zu uns, um sich ihre Kartoffelpürees, Kuchenteige usw. schlagen zu lassen. Bis zur Entwicklung der modernen Multimixgeräte, wie sie heute wieder von Tausenden liebevoller Ehemänner ihren Frauen zu Weihnachten geschenkt werden, war es nur noch ein kleiner Schritt.

Beweis 2: Mein Vater ist der Erfinder der Ölheizung. Er machte seine Erfindung im Winter 1944 – während eines dreitägigen Fronturlaubs. Auf bis heute nicht geklärte Weise war er in den Besitz von drei Kanistern Dieselkraftstoff gekommen. Als er aus dem glorreichen Feldzug nach Hause kam, fand er seine Familie steifgefroren im Bett vor – es gab keine Kohlen mehr, und sämtliche Möbel waren schon verheizt. Da dachte mein genialer Vater kurz nach, nahm einen alten Wasserkasten samt Wasserrohr vom Klosett und befestigte ihn über dem Küchenherd. Das Rohr kniff er unten soweit zusammen, daß nur noch Tropfen herauskommen konnten. Dann füllte er den Dieselkraftstoff in den Wasserkasten und entzündete die Tropfen, die in den Herd tropften: Die Ölheizung war erfunden. Bis zu den heutigen thermostatgesteuerten Brennern war es dann kein weiter Weg mehr. Zwei- oder dreimal explodierte unser Herd, weil sich wohl Gase gebildet hatten. Aber die Explosionen waren wir aus dem Krieg gewohnt. Und Erfinder-Kinder müssen solche Risiken halt auf sich nehmen.

Alle Erfindungen meines Vaters hier aufzuzählen, reicht der Platz nicht. Er erfand u.a. in den Jahren 1945/46 den modernen Fahrradsportreifen aus altem Schiffstau. Der Reifen hatte damals schon die heute so beliebte sportliche Härte mit der knappen Auflage. Mein Vater hat auch die sogenannte Turnschuhgeneration vorausgesehen. Bereits im Jahre '46 erfand er den Autoreifen-Turnschuh, ein sehr exquisites Modell, das er aus alten Autoreifen schnitt, und dazu den ungeheuer modisch durchgestylten Sandalen-Riemen aus altem Autoschlauch. Eine solche gediegene Fußbekleidung können sich heute überhaupt nur Snobs aus der High-Society leisten.

Auf eine spezielle Weihnachtserfindung meines Vaters muß ich aber doch noch ausführlich eingehen: Mein Vater ist auch der Erfinder des pädagogischen Spielzeugs. Er erfand das erste pädagogische Spielzeug, die dampflose Dampfmaschine. Weihnachten 1946 stand unter dem Tannenbaum für mich etwas für jene Zeit absolut Unvorstellbares: eine Dampfmaschine. Die hatte mein genialer Vater selbst gebaut! Jawohl! Aus einem alten Stück Eisenrohr (das war der Dampfkessel), einem Schwungrad (irgendein Autoteil) und einem Otto-Motor-Ventil. Die Maschine war erst am Heiligen Abend fertig geworden. Wir heizten sie an und warteten gespannt: Die Maschine regte sich nicht.

Mein Vater sagte, der Dampfdruck reiche nicht aus. Wir müßten eine andere Lösung suchen. Das war schon die erste pädagogische Wirkung der Maschine. Mein Vater holte eine Preßluftflasche mit sechs atü Preßluft und schloß sie an den Kessel an. Dann öffnete er das Ventil. Die Maschine raste los. Es zischte, knallte, krachte, als würde das Haus auseinanderfliegen. Meine Mutter lief schreiend aus dem Zimmer, mein Vater und ich warfen uns in Deckung auf den Boden.

Von jenem Jugenderlebnis rührt noch heute meine tiefe Skepsis gegenüber allem technischen

Fortschritt im allgemeinen und Kraftwerken im besonderen. Die erzieherische Wirkung des pädagogischen Spielzeugs, das mein Vater erfunden hatte, ist also voll zur Geltung gekommen.

St. Nikolaus' Ansprache an die Kinder

Liebe Kinder, jetzt müßt ihr die Nerven behalten
und Mitleid beweisen mit Euren Alten.
Weil sie zur Weihnachtszeit auf Erden
allesamt – nun ja – etwas wunderlich werden.

Zum Beispiel: Sie *müssen* euch einfach erpressen.
Das ist nunmal immer zu Weihnachten so.
Du wünscht Dir 'nen Walkman in Stereo?
Also bitte: dann auch den Spinat aufgegessen!

Da dürft ihr nur lächeln. Und bloß nicht fragen,
was sich die Mutter vielleicht dabei denkt.
Oder: Ob man Spinat seit neuesten Tagen
auf NDR zwei empfängt?

Andererseits müßt ihr natürlich auch wissen,
daß euch eigentlich gar nichts passieren kann.
Die Erwachsenen wären doch aufgeschmissen
ohne Kinder – mit Christkind und
Weihnachtsmann

Die brauchen euch alle. Und zwar sogar die,
die sich über den Mißbrauch des Festes erregen:
»Uns liegt nichts an Weihnachten, wissen Sie.
Wir feiern ja nur noch der Kinder wegen.«

Merkt ihr was? Wenn Sie euch weismachen
wollen,
ihr dürftet vorm Fest euch rein gar nichts mehr
traun –
stimmt gar nicht! Vor Weihnachten könnt ihr aus
vollem
Herzen auf sämtliche Pauken haun!

Am besten ist: Nicht drüber nachzudenken,
was sie jetzt so erzählen. Sie sind ja zum Schrein.
Sie sagen: Ein Wahnsinn mit den vielen
Geschenken
und kaufen die Sachen waggonweise ein.

Vernünftig ist kaum noch mit ihnen zu reden.
Sie drohn euch und sehn euch so merkwürdig an.
Aber daß sie euch eure Geschenke nicht geben
Heiligabend – na, da glauben sie doch selber nicht
dran.

Kein Weltuntergang könnte sie daran hindern,
euch unterm Weihnachtsbaum strahlen zu sehn.
»Man hat ja viel Ärger mit seinen Kindern.
Aber Weihnachten ist es doch auch wieder schön!«

Liebe Kinder! Übt Nachsicht! Vor allen Dingen:
Betrachtet das Ganze als riesigen Spaß.
Vielleicht sogar mal ein Weihnachtslied singen.
Es gibt ja so Eltern – die brauchen das!

Und damit Ihr Kinder – und kindischen Leute
beendet St. Nikolaus seinen Besuch.
Von der Erde zurück in den Himmel noch heute:
Einmal im Jahr – das ist mehr als genug!

... aber nicht mehr vor dem Fest

»Die Geschäftsleitung hat entschieden: Fräulein Sievert erhält die Kündigung.«

»Das war ja vorauszusehen. Aber wann? Doch wohl nicht mehr vor dem Fest.« –

»Natürlich nicht. Wir wollen ihr doch Weihnachten nicht verderben.« Auszug aus einem Personalgespräch zwischen Personalchef und Abteilungsleiter. Ja, zu Weihnachten herrscht Friede auf Erden, aber mancher Friede ist trügerisch.

»Ich versprech' es dir, Geliebte: Ich reiche die Scheidung ein. Aber versteh doch: nicht mehr vor Weihnachten.«

»Na gut, das sehe ich ein, aber gleich nach dem Fest machst du Ernst!« Waffenstillstand. Gnadenfrist bis nach dem Fest.

Wenn man darüber nachdenkt, kann einem ganz unheimlich werden. Wer weiß, was schon alles beschlossen ist über Sie und mich – für nach dem Fest.

»Es geht nicht mehr. Und wenn Oma noch soviel Geschrei macht: Sie muß ins Heim. Man kann sie nicht mehr länger allein lassen.« –

»Da hast du recht, Karl-Heinz, aber bitte nicht mehr vor dem Fest.«

»Natürlich nicht. Man ist doch kein Unmensch.« Nein, wenigstens nicht mehr bis Weihnachten. Es ist längst beschlossene Sache, daß der Baum an der Grundstücksgrenze, der im Sommer immer so viel Licht wegnimmt, gefällt werden soll. Aber lieber nach Weihnachten. Zur Zeit sind die Leute so empfindlich. Nach dem Fest ist das alles viel einfacher.

Auch Ajax soll noch leben bleiben – bis nach dem Fest. Vater und Mutter sind sich einig, er ist jetzt schon so altersschwach. In den Winterurlaub kann man ihn auch nicht mehr mitnehmen.

»Aber willst du es den Kindern noch vor Weihnachten zumuten?«

Ja, Ajax, wenn du wüßtest, wie trügerisch der Weihnachtsfrieden für dich ist. Alles hat Aufschub. Monikas Mandeln sollen auch erst im Januar raus.

Sogar der Gerichtsvollzieher fragt zurück: »Muß denn die Pfändung noch vor Weihnachten sein? Das wäre doch grausam!«

Wenn das Fest erst vorbei ist – dann allerdings wird wieder zugeschlagen. Gnadenlos und ohne Sentimentalitäten. Das ist die beunruhigende Seite des Weihnachtsfriedens. Man weiß nicht, wie weit man ihm trauen darf. Nur als fetter Karpfen oder als Weihnachtsgans ist man in der Beziehung besser dran: Da hat man wenigstens Gewißheit.

Werbeslalom

Werbemanager Müller-Martens sitzt an seinem Schreibtisch und brüllt ins Telefon:

Ja, ich will ihn selbst haben! Waxmeier. Ganz recht, die deutsche Hoffnung im Riesenslalom. Sein Manager hier, Müller-Martens. Na siehste ... Warum nicht gleich so ... Waxmeier? Also, noch 'n paar Hinweise für die Werbung. Wie bitte? Die kontrollieren Sie am Start wegen verbotener Werbung? Ja, Mann – dann machen Sie das doch so: Klappen Sie den Mützenrand erstmal hoch. Und wenn Sie gestartet sind, runterklappen. Direkt über den Augen muß stehen: SLOPPY, DER SLIP! Auf dem Hinterkopf: RUTSCHFEST IM SCHRITT. Wie? Da verlieren Sie Hundertstelsekunden? Ja, Mensch – wollen Sie nun verdienen oder gewinnen? Glauben Sie doch nicht im Ernst, daß *Sie* ... Waxmeier, Sie haben noch nie ein internationales Rennen gewonnen! Was? Sie starten in zehn Minuten? Ja, das weiß ich doch ... Konzentrieren ... Ist ja gut. Also: Wenn die Zielkamera auf Sie gerichtet ist, Stirn vorstrecken: SLOPPY, DER SLIP. Dann sofort umdrehen. Hinterkopf: RUTSCHFEST IM SCHRITT. Was denn? Wie Sie dann noch den Ski hochhalten sollen? Und den Knieschützer zeigen und die Handschuhe? Ja, Mann, Sie müssen sich eben ein bißchen bewegen, mein Guter. Das Rennen ist nicht zu Ende, wenn Sie unten sind. Da fängt es erst an. Körperdrehung. Knie hoch, Hände hoch, Hinterkopf rum, Ski-Unterseite hochzeigen. Wie bitte? Sie müssen jetzt zum Start. Ja, ja, nun werden Sie man nicht nervös. Wenn Sie stürzen ... Hören Sie mir zu: wenn Sie stürzen, immer an die Mütze denken!! Die Mütze nach vorn: SLOPPY, DER SLIP. Und sofort den Hinterkopf rumdrehen: RUTSCHFEST IM SCHRITT. Ja, toi, toi, toi! Konzentrieren Sie sich auf Ihre Werbeaufgaben und geben Sie mir schnell nochmal Behrwald, Ihren Betreuer.

Müller-Martens schiebt sich mit der freien Hand einen Kaugummi rein. Brüllt dauernd ins Telefon:

He, hallo! Wirds bald. Kostet alles mein Geld!

Plötzlich richtet er sich auf:

Ja, hier Müller-Martens. Warum ist er denn so nervös, unsere rasende Litfaßsäule? Also, Behrwald, was ist mit der Piste? Kurve sieben ist vereist? Na, ist doch prima. Sie geben ihm also den Tip, in Kurve sieben zu verkanten, hören Sie! Dann stürzt er? Ja, natürlich stürzt er. Das bringt uns fünfzehn Prozent. Bedenken? Wieso Bedenken? Ach nee. Aber kassieren wollt Ihr Burschen. Das finden Sie wohl nicht unsportlich? Sie wollen gewinnen? Das Rennen wollen Sie gewinnen? Machen Sie sich doch nicht lächerlich. Sie haben doch noch nie 'n internationales Rennen gewonnen.

Hauptsache, wir kriegen die Werbelizenzen rein. Ist doch lachhaft. Also, alles okay. Ich verlaß mich auf Sie.

Müller-Martens legt seufzend den Hörer auf. Während er in seinem Telefonverzeichnis sucht, brummelt er vor sich hin:

O, Mann, was man sich so alles anhören muß. Das eigentliche Rennen, das hier gefahren wird, ist doch der Werbeslalom. Aha – ja – hier. Dr. Seifert, Sloppy-Trikotagen.

Wieder ins Telefon:

Herrn Dr. Seifert bitte. – Ja, hier Müller-Martens, Werbe-Agentur. Grüß Gott, Herr Dr. Seifert. Wollte nur Vollzugsmeldung machen. Mit etwas Glück haben wir sogar einen Sturz heute. Achten Sie mal auf Kurve sieben. Wie bitte? Aber ich habe Ihnen doch meine Dokumentation geschickt. Jaaa. Stürze sind besonders werbeintensiv. Jawohl, der Intensiv-Beachtungstest hat gezeigt: Der Sendezeit-Multiplikator bei Riesenslalom-Stürzen liegt bei 3,5% im Vergleich zur Zielfotopräsenz. Die Markennamen-Gedächtnishaftung liegt pro Sendeminute der Sturzreportage bei 12,7 GH-Einheiten, also 37% höher als bei Stand- und Zielfotos. Wenn unser Mann stürzt – und wir haben berechtigte Hoffnungen dafür – dann dürfen wir mit einer internationalen Einschaltquote von 47,837% rechnen. Vor allem denken Sie an den Zeitlupen-Wiederholungseffekt. Der ist überhaupt nicht zu bezahlen. Natürlich können wir Stürze nicht absolut sicher vorherplanen. Aber es gibt da so gewisse Hilfsmittel, verstehen Sie? Wenn Waxmeier das Bewußtsein behält, wird er sofort versuchen, auch den Hinterkopf ... Wie bitte? Schlechtes Image bei Sturz? Aber doch nicht bei SLOPPY, DER SLIP. Da registriert das Verbraucher-Unterbewußtsein sofort: RUTSCHFEST IM SCHRITT, auch bei extremer Belastung. – Achtung, Entschuldigung, Herr Dr. Seifert. Ich sehe hier auf meinem Monitor: Unser Junge geht gerade an den Start. Ich rufe nach dem Rennen wieder an.

Müller-Martens legt auf und macht es sich vor seinem Fernseher bequem, auf dem jetzt die Original-Fernseh-Reportage läuft. Müller-Martens brummelt vor sich hin:

Hartes Geschäft. Guck dir das mal an: 136 Stundenkilometer. Wer soll denn da noch was lesen? Jetzt ist er gestartet ... Achtung, er hat sich an den Kopf gegriffen ... Na bitte: Mützenrand runterklappen. Na, prima – hat ja geklappt. RUTSCHFEST IM SCHRITT. Wo ist er denn jetzt ...? Junge, Junge, der fährt ja wie ein Weltmeister. Schon die sechste Kurve ... Jetzt kommt's drauf an. Er soll stürzen ... Stürzen soll er ... Lieber Gott, laß ihn doch stürzen ... Na ... Ja, Ja, Ja!! Er stürzt ... es ... er ..., verdammt, was macht er denn? Dieser Trottel! Der fängt sich wieder. Er fährt weiter ... Er schießt wie eine Rakete ... Wie bitte? Waaaas?

Müller-Martens kriecht fast in den Fernseher hinein

Was quatscht der Reporter? Das könnte der Sieg sein? Ist doch Blödsinn ... Doch, doch! Waxmeier!! Unser Mann hat gewonnen. Wir haben einen Goldjungen!!

Das Telefon läutet. Müller-Martens stürzt ran. Nimmt ab:

Wer ist da? Dr. Seifert! Jaaa! Dr. Seifert, was sagen Sie? SLOPPY HAT EINEN WELTMEISTER!! Wie bitte? Waaas? Er hat die Mütze verloren? Die Mütze??? O Gott, ja – jetzt sehe ich es auch. Und dieses Foto geht um die Welt. Ohne Mütze. Ohne SLOPPY, DER SLIP. Ich werde wahnsinnig!!

Müller-Martens wirft wütend den Hörer auf die Gabel und bricht an seinem Schreibtisch zusammen.

Raumschiff Erde

I

Es sagte der Universal-Ingenieur:
Ich bin stolz auf mich. Seht alle her:
ein Raumschiff, wie ihr noch keines hattet,
mit göttlicher Technik ausgestattet.
Treibstoff für drei Ewigkeiten,
Proviant an Bord bis zum Ende der Zeiten,
Sauerstoff reichlich und Wasser und Wein –
und alles in echtem Naturdesign.
Der Countdown läuft. Besatzung an Bord!
Gute Reise. Und pflanzet euch fleißig fort,
auf daß es ein Singen und Jauchzen werde!
Raumschiff Erde.

II

Das Raumschiff zog die berechnete Bahn.
»Macht euch das Raumschiff untertan!«
hieß es von oben per Funk an die Crew.
Die griffen zwar, wo sie nur konnten, zu,
stopften mit Früchten und Tieren den Bauch,
sie jagten den Wal, sie töteten auch
das gewaltige Mammut. Doch in all den Jahren
gab es das große Recycling-Verfahren:
Was sie verbrauchten, entstand wieder neu.

Niemand fand noch etwas dabei,
daß sich die Mannschaft emsig vermehrte.
Raumschiff Erde.

III
So zog das Raumschiff viele Millionen
Jahre mit völlig intakten Funktionen.
Außer paar blutigen Streitigkeiten
an Bord über Ziel und Ankunftszeiten
bewährte sich göttlich das System.
Hallo, Zentrale! Die Erde ist schön.
Die Erde ... Da! Alarmsignale!
Das Rotlicht! Aufregung in der Zentrale.
Schirme flackern ... Was ist los da unten?
Zentrale an Mannschaft: Seid ihr alle betrunken?
Haben hier katastrophale Werte!
Raumschiff Erde.

IV
Das Raumschiff war außer Kontrolle geraten.
Die Welten-Zentrale checkte die Daten:
Mannschafts-Kopfzahl: ein Wahnsinns-Wert!
Die hatten sich ja zu Milliarden vermehrt!
Treibstoffverbrauch: Was machen die da?
Die verbrennen ihre sämtlichen Vorräte ja!
Das Öl! Und die Sonnenlicht-Batterie
aus Kohle! Mein Gott, die verheizen sie!

Und da! Meine göttliche Ur-Energie –
für das große Inferno mißbrauchen sie sie,
zu welchem nur mir das Recht gehörte!

Raumschiff Erde!

V

Raumschiff Erde antwortet nicht mehr.
Es sagte der Universal-Ingenieur:
Irgendwo muß da ein Fehler stecken.
Die sollten doch nicht wie die Ratten hecken!
Die Luft, das Wasser, der Pflanzen Gabe,
alle Tiere, die ich erfunden habe,
waren reichlich berechnet. Der Proviant
mußte reichen bis hin ins Gelobte Land!
Nur der Mensch war leider – ich sehe schon –
eine sehr geniale – Fehlkonstruktion –
die ich sich selbst überlassen werde.
Raumschiff Erde.

Karl-Heinz T. und die singende Säge

Dies ist die traurige Geschichte von Karl-Heinz T., dem das Unglück widerfuhr, im entscheidenden Augenblick bestimmte Zusammenhänge nicht richtig verstanden zu haben. Karl-Heinz T. war ein pflichtbewußter Beamter im Ordnungsamt. Er hatte schon sein 25jähriges Dienstjubiläum hinter sich. Eifrig und unbestechlich versah er seinen Dienst. Eine seiner Hauptaufgaben war es, dafür zu sorgen, daß in der großen Stadt nicht auf öffentlichen Plätzen oder auf der Straße unkontrolliert Musik gemacht wird. Querflötenspieler, Geiger, Akkordeonspieler brachte er täglich unter Vorlage seines Amtsausweises zum Schweigen, belegte sogar Straßensänger mit einem Bußgeld. Wo kämen wir denn hin, wenn überall in der ernsthaften Großstadt Fetzen von Musik in der Luft herumfliegen würden!

Eines Tages aber geschah ihm ein verhängnisvoller Irrtum oder eine Fehlentscheidung. Es gab da in der großen Stadt ein altes Mütterchen, das wurde genannt »Die singende Säge«. Es verstand nämlich, das Mütterlein, meisterhaft mittels eines gummibandbespannten Bogens aus einer großen Säge musikartige Töne hervorzubringen. Es saß unten am Fischmarkt, fiedelte und wurde geliebt von allen Bürgern als ein sogenanntes »Original«. Karl-Heinz T. aber in seinem unschuldigen Pflichtbewußtsein, was hatte er getan? Nach seinem Gewerbeschein hatte er das Mütterchen befragt. Und als ihm das alte Weiblein keinen Gewerbeschein vorweisen konnte drunten am Fischmarkt, hatte er ihr das Musizieren verboten, und zwar unter Androhung des Einzugs ihres Musikinstrumentes.

Nicht weniger streng und nicht weniger pflichtbewußt war Karl-Heinz T. gewesen, wie immer. Ein ganz gewöhnlicher Dienstvorgang also. Doch was geschah? Die Zeitungen bekamen Wind von der Geschichte. Am nächsten Tag ging ein Aufschrei durch die ganze Stadt. »Das Ordnungsamt verbietet die singende Säge. Unser geliebtes Original von der Behörde verboten!«

Die Kollegen auf dem Amt sagten zu ihm: »Mann, du Trottel, wie konntest Du nur?« – Die eigene Frau, die eigenen Kinder schämten sich für ihn. »Warum mußtest Du uns das antun?« Die Nachbarn zeigten mit Fingern auf ihn: »Das ist er, der sture Beamte vom Ordnungsamt, der hat die singende Säge verboten.«

Karl-Heinz T. verstand die Welt nicht mehr. Er fand keinen Schlaf mehr. Nachts stand er auf der Brücke und blickte traurig in den großen Fluß.

»Was habe ich falsch gemacht? Ich begreife es nicht. Hunderte von Geigern, Flötisten, Gitarristen, Trompetern, Xylophonisten und Harmonikern habe ich zum Wohle der Stadt zum Schweigen gebracht. Warum nicht auch diese Singende Säge, warum, warum?«

Karl-Heinz T. – er sprang zwar nicht in den großen Fluß, aber sein Leben hatte von nun an eine große Beule. Er hat es nie und nie verstanden.

Freue dich!

Ich habe den Verdacht, daß da irgendwas nicht stimmt. Aber ich kann es nicht beweisen. Ein paar Wochen vor Weihnachten fängt meine Frau plötzlich an und sagt: »Ach, ich freu' mich schon so auf Heiligabend!« – Ich reagiere natürlich sehr vorsichtig und sage: »Sicher, weil du so ein schönes Geschenk für mich gefunden hast?« – »Och ja«, antwortet sie, »das ja sowieso. Aber ich freu' mich am meisten, weil ich weiß, daß du dir immer so herrliche Überraschungen für mich ausdenkst.«

Ich überlege einen Augenblick ganz scharf und fühle, wie eine Art moralische Entrüstung in mir aufsteigt. Ich lege ernsthaft die Stirn in Falten und sage: »Wenn ich mich recht erinnere, ist Weihnachten doch dazu da, an andere zu denken und nicht an sich selbst.« – »Aber natürlich«, sagt meine Frau, »Weihnachten sollen alle Leute einander Freude bereiten. Und je mehr und je reinere Freude man den anderen bereitet, um so besser hat man den Sinn der Weihnacht erfüllt.«

Wenn sie »Sinn der Weihnacht« sagt, kriegt sie so strahlende Weihnachtsengelaugen, aber ich lasse mich davon natürlich nicht irritieren. »Also bitte«, sage ich, »dann geht es doch darum, anderen etwas zu schenken, und nicht darum, selbst etwas zu kriegen.« – »Ja schon«, sagt sie, »aber man darf das nicht so oberflächlich sehen. Nehmen wir mal an, du schenkst mir diese Weihnachten die Rotfuchsjacke ...« – »Ich heiß' doch nicht Krupp oder Rothschild!« – »Das ist ja auch nur ein Beispiel. Außerdem schenken solche Leute Nerzjacken, und nicht so was verhältnismäßig Preiswertes. Also, mal angenommen, nur mal angenommen: du schenkst mir diesen Rotfuchs, dann wäre das ganz bestimmt das schönste Weihnachtsgeschenk, das ich dir diese Weihnachten machen könnte.«

»Wie bitte? Ich glaub', ich komm' nicht mehr mit. Du mir?« – »Ist doch ganz klar. Ich würde mich so ungeheuer freuen, daß meine Freude dein schönstes Geschenk wäre. Vorige Weihnachten, als ich mich so sehr über das Armband gefreut habe, hast du doch auch gesagt: Ich freu' mich so, daß du dich freust!« An diesem Punkt wird mir schon so schwindlig, daß ich denk', ich hör' die Weihnachtsglocken bimmeln. Mit einem letzten Aufbäumen meiner Logik sage ich: »Hör mal! Ich freu' mich aber auch über das, was du mir schenkst. Hoffentlich.«

Da lächelt sie mitleidig. »Ja, gewiß freust du dich auch, wenn du etwas geschenkt bekommst. Aber das ist doch mehr die materielle Freude. Die reine Weihnachtsfreude ist doch die andere, die selbstlose Freude. Die Freude über die Freude – deiner Frau zum Beispiel. Und siehst du, diese reine Freude möchte ich dir so gern zu Weihnachten schenken.«

Ich weiß genau, da stimmt irgendwas nicht. Aber ich seh' es schon kommen: Ich werd' mir wohl die Freude machen – Verzeihung: die reine Freude –, diesen Rotfuchs zu kaufen!

Mathematik der Feindschaft

Ich hatte einmal einen Feind.
Der haßte mich Tag und Nacht.
Der hätte mich, was mir auch logisch erscheint,
von Herzen gern umgebracht.

Dann aber bekam ich noch einen Feind.
Und ich dachte: zwei Feinde, na ja.
Doch was ich dabei übersah:
daß mein zweiter Feind mit dem ersten Feind
schon zehn Jahre verfeindet war.

Das merkte ich erst, als mein erster Feind
mich anrief: »Grüß Gott und blabla,
der Dings, wie mir scheint, ist dein Feind, mein Freund.
Ein gemeinsamer Feind, der vereint, mein Freund,
küß die Hand, tatatü, tatata.«

Sogleich erschien mir mein zweiter Feind
nicht mehr ganz so schlimm, wie er war.
Denn ich dachte: Ein Feind, der es feindlich meint,
der kann doch nicht sein meines Feindes Feind.
Ja, ich sah überhaupt nicht mehr klar:

Denn ich hatte zwei feindliche Freunde zum Feind.
Ein Gedanke, so traurig, so schön.
Ich hab' mich betrunken, gelacht und geweint.
Feiner Freund, lieber Feind, o du feindlicher Freund.

Ach nimmer wird, wer mit *einem* Feind,
was Freundschaft ist, zu begreifen meint,
das Geheimnis der Freundschaft verstehn.

Idealer Wuchs

Die Natur ist bekanntlich der größte Pfuscher, den's gibt. Sieht man doch schon an sich selber: Entweder man ist zu dick oder zu dünn oder zu lang oder zu kurz. Ich hab' zum Beispiel schiefgewachsene Schneidezähne, meine Frau hat – na ja, lassen wir das. Auf jeden Fall: Die Natur liefert keine ordentliche, gleichmäßige Arbeit, wie sich das gehört.

Wem dies das ganze Jahr nicht auffällt, der merkt es aber spätestens zu Weihnachten: an seinem Tannenbaum. Auf der Straße, wo Sie ihn gekauft hatten, war er noch ausgewogen und harmonisch. Der Händler hat noch gesagt: »Da haben Sie aber ein Prachtexemplar erwischt!« Und Sie mußten ihm recht geben. Dann kommen Sie damit nach Hause und zeigen das Prachtexemplar stolz Ihrer Frau, indem Sie es schon mal zur Probe in die Zimmerecke halten. Und was sagt Ihre Frau? »Um Gottes willen, Herbert! Was ist das denn für eine Mißgeburt!« Und tatsächlich: Jetzt erkennen Sie es auch. Plötzlich hat das gute Stück oben nur ein paar magere Strünke, unten ist es rechts sehr buschig, aber links muß es irgendwann im Wald mal von einem Elefanten getreten worden sein.

Der Stamm erinnert Sie von der Seite gesehen

sehr stark an einen Flitzbogen. Kurz und gut, es bleibt Ihnen nichts anderes übrig, als erst einmal einen kräftigen Schluck aus der Weinbrandflasche zu nehmen, die Säge aus dem Keller zu holen und sich zwecks Korrektur der Natur auf den Balkon zu begeben.

Ich habe in der sogenannten Tannenbaum-Schönheits-Chirurgie langjährige Erfahrung. Zuerst stelle ich fest: Links müssen zwei Zweige abgesägt werden. Wenn das geschehen ist, stelle ich fest, daß nunmehr rechts drei Zweige abgesägt werden müssen. Wenn das geschehen ist, erweist es sich als das beste, rechts nochmals drei Zweige – usw. usw. Hierdurch ist natürlich nicht auszuschließen, daß der Baum allmählich vorn und hinten erheblich zu voluminös wird, so daß auch hier gewisse Operationen erforderlich werden – und kurz und gut, es kommt unweigerlich der Augenblick, wo ich mich zur sogenannten Totalamputation entschließe: Das heißt, ich entferne auch noch die restlichen Zweige. Nun halte ich den nackten Stamm in der Hand, während die Zweige kniehoch den gesamten Balkon abdecken. Damit sind nun die Voraussetzungen ideal, um zu einem wirklich vollkommenen Weihnachtsbaum zu gelangen. Allerdings muß ich jetzt sehr schnell handeln, bevor etwa meine Frau auf dem Balkon erscheint und mich mit Schreckensrufen wie »Tannenbaummörder«, »amoklaufender Weihnachtsmann« und ähnlichem einschüchtert. Ich nehme also sofort Bohrer und Zollstock und bohre in regelmäßigen Abständen etwa 10 mm große Löcher in den kahlen Stamm. In diese stecke ich die schönsten der abgesägten Zweige – und erhalte so einen rundherum absolut gleichmäßig gewachsenen Weihnachtsbaum – wie die Natur ihn in ihrer schluderigen und vor allem asymmetrischen Arbeitsweise nie zustande bringen könnte.

Die Methode hat allerdings einen Haken. Wenn der Baum am ersten Weihnachtstag bereits alle Nadeln verloren hat, ist es immer wieder sehr mühsam, meiner Frau begreiflich zu machen, daß dies an den modernen Düngemethoden in der Forstwirtschaft liegt und an der Umweltverschmutzung usw. Sie sagt: Bei anderen halten die Bäume aber länger. Wozu ich nur sagen kann: Eines gibt's eben nur – entweder idealen Wuchs oder häßliche Haltbarkeit ...

Vom bösen Treiben des Kaninchens Archimedes

Das Kaninchen Archimedes
war so frech und asozial und jedes
Taktes bar, daß es auf Gräbern saß
und die Blätter frischer Tulpen fraß.

Schon sehr früh kam es dahinter,
daß der Friedhof auch im Winter
üppiger als manche Frühlingswiese
Blümchen bietet und Gemüse.

Neben »Onkel Julius«
und »Dein Sohn, als letzter Gruß«
saß und fraß es zwischen Schleifen,
ohne etwas zu begreifen.

Und so wurde Archimedes
trotz des mahnenden Geredes
älterer Kaninchenböcke
stärkster Bock in seiner Hecke.

Daraus folgt? Nichts. Doch es soll gern,
wer das braucht, sich was draus folgern.

Was kommt dann?

Neulich abend stand ich mit Dagmar am Fenster. Sie hatte das Licht im Zimmer ausgemacht. Nur so aus Unsinn. Darum konnten wir jetzt in den klaren Sternenhimmel sehen. Die Sterne leuchteten ungewöhnlich hell. Dagmar war wohl auch beeindruckt, denn plötzlich war sie ganz still. Nach einer Weile fragte sie: »Und was kommt dahinter?«

Das ist typisch für Dagmar. Andere Kinder fragen beim Anblick des Sternenhimmels, ob die Sterne aus Gold sind, ob man sie abpflücken kann, ob Frau Holle sie putzen muß oder irgend so was Reizendes. Aber sie mit ihren fünf Jahren will wissen, ob das All endlich ist oder nicht – wenn ich das mal konkret ausdrücken darf.

Natürlich weiß ich das auch nicht. Schließlich kann ich ihr nicht vom »Urknall« erzählen oder von der Pulsationstheorie nach Professor Sowieso. »Hinter diesen Sternen«, sage ich daher, »kommen wieder Sterne, die sieht man nur nicht, weil sie zu weit weg sind.«

»Und was kommt dann?« Sie überlegt überhaupt nicht lange. Geht einfach wissenschaftlich logisch vor und will mich in die Enge treiben. »Alle Sterne, die du da siehst«, sage ich, »und auch unsere Erde gehören zu einem unvorstellbar großen Sternenhaufen.« Und gleichzeitig denke ich: Ein schöner Erklärer bist du. Was soll sie mit dem Begriff Sternenhaufen anfangen? »Ein Sternenhaufen«, sage ich, »das ist so wie ein Haufen Murmeln, verstehst du? Wenn jede Murmel ein Stern ist und die liegen alle nahe beisammen. Und eine Murmel ist die Erde. Und die anderen sind die Sterne, und nun ...«

»Aber was kommt dann?« fragt Dagmar. – »Was meinst du mit – dann?« – »Na, hinter den Sternenhaufen.« – »Da kommt noch ein Sternenhaufen. Man nennt so was auch Milchstraße oder Galaxie.«

Der Mond scheint ihr direkt in das kleine, blasse Gesicht. Ihre blonden Haare sehen wie vergoldet aus. Ihre Stirn ist nachdenklich gerunzelt. Wenn die Welt noch in Ordnung wäre, würde sie jetzt zum Beispiel fragen, ob denn da oben irgendwo der liebe Gott wohnt oder der Weihnachtsmann – dann hätte ich Möglichkeiten genug, die Sache zu einem guten Ende zu bringen. Dagmar aber fragt: »Also, was kommt dahinter? Hinter den Sternen, den vielen Haufen?« – »Wieder Sterne, immer noch mehr.« – »Nein!« Ich glaube, sie wird richtig ein bißchen ärgerlich. »Wenn alle und alle Sterne und Haufen zu Ende sind – was kommt dann?«

Sie hat mich, wohin sie mich haben will. »Ich weiß es nicht«, sage ich. »Vielleicht gar nichts. Die Fernrohre reichen nicht so weit – und das Licht braucht zu lange ... und überhaupt: Kein Mensch weiß es!« O weh! Jetzt steh' ich ganz schön dumm da. Oder doch nicht?

Dagmar dreht sich plötzlich um und ruft – geradezu vergnügt: »Keiner weiß es!« Und geht zum Schalter. Und dreht das Licht wieder an.

Onkel Jo

Ich muß Ihnen unbedingt von unserem verrückten Onkel Jo erzählen. Onkel Jo hat mir z.B. beigebracht, wie man einen langen Brief schreibt, wenn man noch nicht mal Lust hat, einen kurzen zu schreiben. Das macht man durch Ausruhen, sagt Onkel Jo. Man fängt erst mal an und ruht sich aus. Dann nimmt man sich ganz fest vor, auf keinen Fall einen langen Brief zu schreiben. Dann holt man ein Blatt Papier aus dem Schrank und ruht sich wieder aus. Dann nimmt man sich vor, nur einen einzigen Satz zu schreiben. Den schreibt man hin. Dann ruht man sich wieder aus. Und dann schreibt man noch einen zweiten Satz und ruht sich wieder aus mit dem Gedanken, daß man schon mehr getan hat, als man eigentlich wollte. Dann schreibt man noch einen dritten Satz und ruht sich wieder aus.

Wenn man das lange genug macht, kann man auf diese Art einen ganzen Roman schreiben, sagt Onkel Jo.

Allerdings: Vor Onkel Jo muß ich Sie warnen. Alle Onkel und Tanten distanzieren sich von ihm. Er ist einfach nicht ganz richtig hier oben, sagen sie.

Allein schon, daß er behauptet, auf Schritt und Tritt begleite ihn ein Zwerg. Die Kinder, ja, die finden das prima. Aber erwachsenen Leuten kann er doch nicht erzählen, daß er einen Zwerg hat, den man nicht sehen kann und der 6000 Jahre alt ist und die Zukunft kennt. Neulich auf Heidis Konfirmation, als Tante Adele sich mit Tante Elli drei Stunden über ihre Galle unterhielt, fing Onkel Jo plötzlich an zu lachen. Alle waren empört. Aber Onkel Jo hat gesagt, er lache nur, weil sein Zwerg gelacht hat. Und sein Zwerg muß immer über die Menschen lachen – weil er nämlich genau weiß, wann jeder von uns stirbt.

Tante Adele findet das überhaupt nicht witzig, und sie glaubt, daß Onkel Jo sich über uns lustig macht.

Und dann seine verrückte Angewohnheit, bei jeder Gelegenheit Kopfstand zu machen. Mitten in einem Gespräch über Politik oder Kartoffelpreise steht Onkel Jo vom Tisch auf und macht auf dem Flur einen Kopfstand mit seinen 52 Jahren. Ganz ernsthaft behauptet er, daß er das braucht, um die Dinge auch von der anderen Seite zu sehen. Alle Kinder sind hingerissen von Onkel Jo. Aber die Erwachsenen sagen: Er ist nicht normal.

Lieber Onkel Jo!

Von dir habe ich gelernt: daß in dieser Welt so vieles auf dem Kopf steht, kommt nur daher, daß die Menschen so verbissen bemüht sind, mit beiden Beinen auf der Erde zu bleiben.

Der Kompromiß

Es hatte so ausgesehen, als hätten die Grünen gewonnen, also Michael (16) und Ilona (14). Ein Tannenbaum kommt nicht ins Haus, lautete der Beschluß, den die Grünen gegen die Etablierten – Pauline (46) und Horst-Werner (48) – durchgesetzt hatten. Obwohl das Stimmenverhältnis ausgeglichen war – Pauline und Horst-Werner wollten auf ihren Weihnachtsbaum nicht verzichten –, setzten sich die Umweltschützer durch. Sie hatten einfach die besseren Argumente (»Ihr Alten habt doch die Erde erst in diesen verheerenden Zustand gebracht! Daß der Wald stirbt, ist doch Eure Schuld!«). Pauline und Horst-Werner, die Haushaltsvorstände, mußten der Jugend weichen. Gibt also keinen Tannenbaum. Traurige Weihnachten.

Aber dann – gestern abend: Pauline alarmiert ihren Mann!

»Eben haben sie im Fernsehen gesagt: Wer einen Weihnachtsbaum kauft, schadet dem Wald nicht. Er nützt ihm sogar. Das sind alles ausgelichtete Exemplare. Die müssen sowieso raus.«

Das Parlament trat zu einer Sondersitzung zusammen. Unter diesen Umständen werden wir auf unseren Weihnachtsbaum nicht verzichten. Wir lassen uns von ideologisch verblendeten Kindern nicht den Heiligabend verderben«, eröffnete Horst-Werner die Debatte.

»Sehr richtig«, kam es von rechts, »Weihnachten ohne Tannenbaum ist wie Ostern ohne Eier!«

Die Grünen erkannten die Gefahr. Sie kämpften. »Das sind alles Argumente der profitgierigen Forstwirtschaft! Was heißt hier ausgelichtet? Die Bäume könnten ja auch mit Wurzeln ausgegraben und woanders wieder eingepflanzt werden. Die Lobby der Tannenbaumverkäufer fürchtet um ihr Geschäft und lanciert daher solche Betäubungsmeldungen für die Bevölkerung in die Medien!« –

»Aber vielleicht ...«, meldete sich Ilona von links.

»Wie bitte? Was heißt ›aber vielleicht‹?« rief Michael.

»Na ja – einige müssen vielleicht wirklich raus, weil sie nicht richtig wachsen oder so. Ich meine, wenn man so ein Exemplar bekäme ...« Damit war die Front der Grünen gebrochen. Michael war tief enttäuscht und brachte das auch in einer starken Abschlußrede zum Ausdruck. Er sprach von typisch weiblicher Weihnachts-Sentimentalität, die sogar die progressive Seite ergreift.

Die Debatte dauerte bis nach Mitternacht, dann kam es zu einem Kompromiß. Und der – liegt jetzt auf dem Balkon. Die Grünen haben ihn selbst gekauft. Ein garantiert aus Wachstumsgründen ausgelichtetes Exemplar. Rechts hat er überhaupt keine Zweige, unten ist der Stamm wie ein Krückstock gewachsen, und oben ist er breiter als unten.

»Da hab' nicht mal ich ein schlechtes Gewissen«, sagt Michael. »Wer fragt denn noch nach Schönheit«, sagt Pauline. »Hauptsache, überhaupt 'n Weihnachtsbaum.«

Was schenkt man Oma Reimer zu Weihnachten?

Und mit schöner Regelmäßigkeit
muß man sich zur Weihnachtszeit
wochenlang das Hirn verrenken:
Großer Gott, was soll man Oma schenken?

Warme Unterwäsche, zuckt es jäh
durch den Geist dir. Traurige Idee!
Schlüpfer von der Achsel bis zum Knie:
Keine Oma hat so viel wie sie.

Denn es hat sie stets bewegt,
daß der Mensch was Wollnes trägt.
»Warme Sachen, die von unten schützen,
kann man nie genug besitzen.«

Doch wie wär's mit einem schönen Schal?
Sehr gut, denkst du. Aber – warte mal:
Niemals sah ein Mensch sein Leben lang
eine Oma mit mehr Schals im Schrank.

Denn fast jeder schenkt ihr Schals.
Und sie sorgt auch selbst für ihren Hals.
»Kühler Kopf und warme Mandeln,
das«, sagt Oma, »nenn' ich weise handeln.«

Handschuh fallen dir jetzt ein.
Doch das dürfte auch nichts Neues sein.
»Willst du Gicht vermeiden, so verwende
immer wollne Handschuh für die Hände.«

Oh, verflixt! Was gibt es sonst für Sachen,
welche Oma Freude machen?
Denn natürlich muß es praktisch sein,
soll es Omas Herz erfreun ...

Und mit Schrecken wird dir klar,
einfach alles hat sie ja:
wollne Decken, Taschentücher,
Sofakissen, Kräuterbücher,
Hauspantoffeln, Überschuhe,
Häkeldeckchen für die Truhe,
Untersätze, Ohrenwatte,
warme Socken, Tortenplatte –
für die Füße, für den Magen ...
Magen? Halt! Das könnt' es sein!
Und mit Wonne fällt dir ein:
Oft schon hörtest du sie klagen
eben über diesen Magen!

Und schon hast du *die* Idee:
Gegen Omas Magenweh
eine Flasche Magenbitter!
Ja, den schenkst du ihr, damit er
nicht nur Magen und Gedärme,
sondern auch ihr Herz erwärme!

Heiligabend trittst du dann
stolz mit deiner Flasche an.
Oma nimmt sie in Empfang
und stellt sie mit »Tausend Dank!«
unter ihren Tannenbaum.
Doch da stehn – du glaubst es kaum –
ungefähr schon sieben Liter
Kräuterschnaps und Magenbitter,
den die anderen Verwandten,
Neffen, Nichten, Onkel, Tanten,
Oma Reimer mitgebracht,
weil sie alle nachgedacht
und sich das Gehirn verrenkt,
was man bloß der Oma schenkt!

Aber Oma Reimer sagt:
So, wie sie der Magen plagt,
könnt' sie zwölf bis vierzehn Flaschen
gut und gern im Jahr vernaschen!

Oma Reimer kauft einen Weihnachtsbaum

Oma sucht nach einem Weihnachtsbaum.
Doch sie sagt, daß sie mit ihrer Rente
einen Weihnachtsbaum sich kaum
leisten könnte.

Oma macht sich also auf die Reise.
Oma fährt drei Tage durch die Stadt.
Bis sie in bezug auf Christbaumpreise
eine Marktverhaltens-Analyse hat.

Oma sieht beim Händler gegenüber
einen Baum von trauriger Gestalt.
(Es geniert sich wegen dieser Krüppelkiefer
sicherlich der ganze Wald.)

Oma sieht, wie Leute ihn betrachten.
Und wie jeder ihn beiseitestellt.
Ach, was schief ist und was schlecht gewachsen,
findet keine Freunde auf der Welt.

Armer Baum, denkt Oma traurig, keiner
hat ein Herz, du krummes Holz, für dich.
Also kauft sie selbst ihn, Oma Reimer.
Sowohl freudig als auch ärgerlich.

Und natürlich ist er viel zu teuer.
Oma schimpft bis zum Silvestertag:
Bild dir bloß nicht ein, du Ungeheuer,
daß dich Oma leiden mag!

Oma Reimer unterm Weihnachtsbaum

Weihnachten steht bei Oma Reimer
stets ein gefüllter Wassereimer
neben dem Tannenbaum –
sowie eine Tüte mit Sand.
So wartet Oma mit Gottvertraun
auf den *Weihnachtsbaumbrand.*

Allerdings hat sie elektrische Kerzen.
Ja, mit dem Unglück ist nicht zu scherzen!
Wenn da ein Kurzschluß entsteht
(wie es schon oft in der Zeitung stand!).
Du glaubst ja gar nicht, wie schnell das geht,
so ein *Weihnachtsbaumbrand!*

Darum legt Oma auch ihre Papiere,
ihr Reserve-Gebiß, das Sparbuch und ihre
Fotos von ihrem ersten Mann
neben das Gummibaum-Postament:
damit sie sie schneller erreichen kann,
wenn der *Weihnachtsbaum brennt.*

Und dann hat Oma schon überlegt,
ob sie zu Weihnachten Gummischuh trägt
und zieht sich besonders von unten warm an:
weil man ja nicht erst im letzten Moment

sich warm anziehen kann,
wenn der *Weihnachtsbaum brennt!*

Weihnachten findet sie – sagt sie – ganz ehrlich:
irgendwie schön – aber auch gefährlich!

Ein ganz gewöhnlicher Abend

Herbert hat immer gesagt: Heiligabend ist doch ein ganz gewöhnlicher Abend. Wenn du mal richtig nachdenkst: Jeder Mensch kann jeden Abend Heiligabend feiern. Ich meine: ein bißchen in sich gehen und begreifen, daß wir alle arme Würstchen sind und eine Sehnsucht danach haben, aus dieser Misere erlöst zu werden. Aber dazu braucht man doch nicht so einen Riesenzauber zu machen.

Ich hab' das meinen Kindern auch erklärt, hab' gesagt: »Diese Heuchelei und das fromme Getue machen wir nicht mit. Bei uns läuft alles wie immer. Und damit, daß wir einen normalen Alltagsabend verleben, ehren wir die christliche Sache sogar mehr als alle diese Heiligabend-Christen, die das ganze Jahr über keinen Gedanken an den lieben Gott verschwenden.«

Ja, so starke Worte hat Herbert immer gebraucht. Und ich muß sagen: die haben mir ganz schön imponiert. Irgendwie kam ich mir manchmal schon richtig sentimental vor, wenn ich mit meiner Frau so unterm Tannenbaum saß.

»Herbert hat ja recht«, hab' ich zu meiner Frau gesagt. »Wir sind doch auch nicht gerade die Frömmsten, aber Heiligabend sitzen wir wie alle anderen am offenen Himmelstor und kriegen glänzende Weihnachtsaugen.«

Gestern abend nun – treff ich Herbert in der Kneipe an der Ecke, wo ich manchmal vorm Nachhausegehen noch ein kleines Bier zu mir nehme. Sitzt Herbert da schon am Tresen und guckt so trübe in sein Glas.

»Was ist los, Herbert?« frage ich.

»Ach, dieser Heiligabend«, knurrt Herbert, »ich werd' noch verrückt.«

»Wieso?« frage ich. »Heiligabend ist doch ein Abend wie jeder andere – wenn man mal richtig drüber nachdenkt ...«

»Ja, klar!« sagt Herbert. »Aber versuch' das mal Christiane klarzumachen!«

»Christiane? Deine Frau heißt doch Lilo!«

»Ach, Mensch!« Herbert macht so ein komisch-verzweifeltes Gesicht: »Ich hab' dir doch erzählt ... Na ja, du weißt doch ... Ich meine: das kann doch mal passieren ... Ich hab' mich doch verliebt vor'n paar Monaten ... Nach zehn Jahren Ehe, mein Gott ...«

»Ach so! Deine Geliebte heißt Christiane?«

»Hieß!« knurrt Herbert. »Das heißt, sie heißt noch so, aber sie ist nicht mehr meine Geliebte. Hat Schluß gemacht. Wegen Heiligabend ...«

»Na so was!« sage ich.

»Hat doch glatt von mir verlangt«, sagt Herbert, »ich soll Heiligabend zu *ihr* kommen.«

»Und das geht nicht?«

»Na, hör mal! Wie soll ich denn meiner Frau klarmachen, daß ich Heiligabend 'ne Geschäftsreise machen muß? Sie glaubt ja schon vieles, aber das denn doch nicht!«

»Und deine Christiane sieht das nicht ein ...«

»Nein! Heult mir was vor am Telefon: Das ganze Jahr ist die Geliebte als Geliebte gut genug. Aber Heiligabend spielt der Ehemann den Ehemann! Und: Gerade von mir hätte sie das nicht erwartet, weil ich doch immer so spöttisch über Weihnachten rede. Und Heiligabend erweist es sich eben – ob die Liebe stark genug ist.«

»Na ja«, sage ich, »wenn Heiligabend doch ein Abend wie jeder andere ...«

»Ach was«, sagt Herbert. »Das geht einfach nicht. Schon der Kinder wegen. Dann ist eben Schluß mit der Liebe! Sentimentalität so was!«

Ich konnte mir ein kleines Grinsen nicht verkneifen.

»Grüß Lilo«, sagte ich und bezahlte mein Bier. »Und Friede auf Erden!«

Der Weihnachtsmann in Nöten

I
Der Auftrag

Wir befinden uns im Himmel. Das muß extra betont werden, denn nach der Betriebsamkeit, die hier oben herrscht und nach den herumliegenden Utensilien zu urteilen, könnte es sich ebensogut um die Versandabteilung eines Warenhauses handeln.

Aber da stapft auch schon der berühmte St. Nikolaus heran, mürrisch und finster blickt er. Er setzt sich auf eine große Kiste – und während die Weihnachtsengel Säcke und Kästen abschleppen, um sie auf den großen Schlitten zu laden, brummelt der Alte schlecht gelaunt vor sich hin. Hören wir ihm doch mal zu:

Fast wär's vorbei mit: Alle Jahre wieder!
Der Schreck fuhr mir in alle Glieder,
nachdem sie gestern abend mich gebeten,
vor die Himmlische Kommission zu treten.
»Wir Engel von der Himmlischen Behörde,
wir haben, bevor du wieder zur Erde
dich diesmal wirst hinabbegeben,
ein ernstes Wort, St. Nikolaus, mit dir zu reden!«
Ich wußte nicht: was soll denn das bedeuten?

Hab meinen Dienst doch seit so langen Zeiten
stets treu getan. Hab auf den vielen Reisen
durch kalte Winter voller Eis und Schnee
Frostbeulen mir geholt und Gliederreißen.
Auch tut das ganze Jahr das Kreuz mir weh
von jedem Sack mit Mandelkern und Nüssen,
den ich die ganze Zeit hab schleppen müssen.
Der Oberengel aber sieht mich strenge an
und sagt: »St. Nikolaus, Weihnachtsmann,
wir denken uns, du wirst wohl selbst schon ahnen,
weshalb wir heute ernstlich dich ermahnen!«
Ich denke natürlich, der Engel spricht
von jener alten, peinlichen Geschicht –
ich bin da mal in Hamburg, drunt am Hafen
nach zwanzig Grog ein bißchen eingeschlafen
und soll, so sagt man, auf der Rückfahrt zum Himmel,
Seemannslieder singend, mit lautem Gebimmel
auf der Milchstraße Zick-Zack gefahren sein.
Ich sage: »Verehrter himmlischer Chor –
die Sache von damals kommt nie wieder vor!
Ich trink keinen Tropfen!« Doch die sehen mich an.
»Diesmal ist es was Ernsteres, Weihnachtsmann.
Die Menschen, so heißt es von überallher,
vernehmen die Frohe Botschaft nicht mehr.
Sie hetzen, so sagt man uns, kaufen und jagen
nie schlimmer als in den Weihnachtstagen.
Statt in Freude und in Beschaulichkeit

zu erleben die Heilige Weihnachtszeit,
sind sie ›im Streß‹, wie sie das nennen.
Sie frohlocken nicht. Sie fluchen und rennen.
Fröhliche Weihnacht wünschen sie sich.
Aber alles sind sie – nur fröhlich nicht!
Frohe Weihnacht auf vorgedruckten Karten,
frohe Weihnacht auf tausend verschiedene Arten.
Von Kiel bis zum Bodensee reden sie so:
Frohe Weihnacht – aber kein Mensch *ist* froh!
Ja, viele bekennen, es wär' ihnen lieber,
Weihnachten wäre schon lange vorüber!
St. Nikolaus – was habt Ihr hierzu zu sagen?«
Ich sage – »Ich sage – was soll ich schon sagen?
Ja, ja, sie sind jetzt ein bißchen nervös.
Ich glaube jedoch, sie meinen's nicht bös.
Sie haben so unerhört viel zu bedenken,
wem sie jenes schenken, wem sie dieses schenken,
und ...« – »Sankt Nikolaus!« unterbricht er mich.
»Bedauerst du die Menschen denn nicht?
Sie finden und finden keine innere Ruh.
Und schuld an diesem Übel – bist *du*!«
»Wer, ich?« sag ich. Denn das haut mich um.
»Wieso denn ich? Ich meine: Warum?«
»Du hast ihre Habgier ohne Bedenken
noch gesteigert und ihre Sucht nach Geschenken.
Hast sie angestachelt zum Konsumieren!
Es gab eine Zeit,
da haben sie sich noch von Herzen gefreut
über Äpfel, Nüss' und Mandelkern.

Sie waren zufrieden und lobten den Herrn.
Heute aber legt Nikolaus unter den Baum
Geschenke, Geschenke, man glaubt es kaum:
Autos, Sauna, Rasenmäher,
Digitaluhr, Farbfernseher,
Video-Kamera und Kassetten,
Fernlenkflugzeug, Wasserbetten,
Pelze, Yachten, Edelsteine,
Heimorgel und Fertigheime –
die teuersten, dümmsten, verrücktesten Sachen,
die sie kein bißchen zufriedener machen.
Wir müssen uns daher stark überlegen,
ob wir dich nicht – deines Amtes entheben!«

Da stand ich nun. Erstmal blieb vor Schreck –
ich hab' ja auch Asthma – die Luft mir weg.
»Herr Oberengel, das muß ich bestreiten.
So schlimm ist es nun auch wieder nicht mit den Leuten.
Ich kenn gleich ein Dutzend mit Oma und Kind,
die Weihnachten wirklich noch fröhlich sind.«
Drauf wieder der Engel: »Also schön. Also gut!
Damit man Sankt Nikolaus nicht unrecht tut:
Zeige uns, alter Weihnachtsmann,
wer noch zu Weihnachten fröhlich sein kann.
Wenn nur einer sagt, ohne zu zögern: Wieso?
Weihnachten bin ich ganz einfach nur froh,
so kannst du fürs erste noch deinen alten
Weihnachtsmann-Außendienst-Posten behalten.

Kommst du aber ohne die Antwort heim,
setzen wir einen anderen Weihnachtsmann ein.«
Und damit entschwand die Hohe Behörde.
Da stehe ich nun. Gleich muß ich zur Erde.
Mir ist bange! Könnt es denn wirklich sein:
Kein Mensch kann sich mehr über Weihnachten freun?

Brummend und kopfschüttelnd erhebt sich St. Nikolaus, um seine letzten Reisevorbereitungen zu treffen.

2
St. Nikolaus im Kaufhaus

Eine Woche später suchen wir St. Nikolaus auf der Erde. Er hat die ersten Versuche, einen frohen Menschen zu finden, schon hinter sich. Aber wo steckt er denn nur? Wie durch einen Zufall sehen wir ihn in Hamburg unter der großen Brücke: ein alter Mann im roten Mantel. Verstohlen nimmt er einen Schluck aus der Taschenflasche. Trotzdem sieht er mürrisch aus. Sankt Nikolaus, was brummelst du denn da vor dich hin?

Halleluja! Das war der erste Streich.
Ein schwerer Beruf, das sage ich euch.
Ich glaube, ich brauch erst noch einen

Schluck Rum aus der Flasche. Nur einen ganz
kleinen.
Ich hoffe, hier unter dem Brückenbogen
kriegen die das nicht mit von da oben.

Oha! Die Reise vom Himmel herab
war gemütlich. Aber dann plötzlich: ganz knapp
vor der äußeren Erdatmosphäre
kommt mir ein Satellit in die Quere.
Da sitzt einer drin. Der starrt mich an.
Ich begrüße ihn: »Ich bin der Weihnachtsmann«,
da hör ich, er funkt zur Erde hinunter:
»Ich glaub', ich dreh durch. Schnell, schnell! Holt
mich runter!«

Fand ich gar nicht nett. Na ja – aber dann
flogen wir auch schon Hamburg an.
Johannes, mein Schimmel, steuert immer direkt
ins Freigehege von Hagenbeck.
Er kennt da 'ne Stute, im Freigehege.
Die nimmt ihn schon sieben Jahre in Pflege.
Ich habe natürlich immer im Sinn,
was man im Himmel mir vorgehalten hat:
Daß ich bei meiner Stellung verpflichtet bin,
einen Menschen zu finden irgendwo,
der von sich sagt: »Ich bin einfach nur froh«.
Und ich komm' in die Stadt. War das ein Betrieb!
Zuerst geh ich über den Jungfernstieg:
da brannten die Lichter in hellem Schein,
da roch es nach Mandeln und Spezerein,

die ganze Stadt strahlte im Weihnachtslicht,
auch Tannenbäume fehlten nicht,
und Maria und Joseph mit Krippe und Sohn
als geschmackvolle Schaufensterdekoration.
Und ich dachte: Was woll'n denn die Engel da oben?
Man kann die Menschen doch einfach nur loben,
wie sie im kleinsten Krämerladen
sich sozusagen in Weihnachten baden.
Was heißt hier: Kein Mensch könnte froh sein? Oh, Mann!
Frohe Weihnachten! Steht doch überall dran!
Und die Leute umher sind ganz aufgeregt,
sie erscheinen mir feierlich frommbewegt,
als trügen sie *eins* nur in Herzen und Ohren:
Uns ist heute der Heiland geboren.
Und ich fasse mir Mut und stell meine Frage
an eine jüngere Frau und sage:
»Gestatten, St. Nikolaus. Wir haben ja heut
Heiligabend ...« Aber sie: »Keine Zeit, keine Zeit!«
und rennt einfach weiter. Ich halt einen Mann
in einem Ledermantel an:
»Gestatten, St. Nikolaus!« sage ich.
»Ich möchte gern wissen: Wie fühlen Sie sich?
Wie ist Ihnen so in der Weihnachtszeit?«
Der sieht mich an, ringt nach Luft und schreit:
»Das geht ja nun wirklich entschieden zu weit –

diese ewigen demoskopischen Teste,
sogar noch zum Heiligen Weihnachtsfeste!
Mensch, laß mich zufrieden! Ich muß noch was
kaufen!«
Und schimpft noch auf mich im Weiterlaufen.

O weh! denke ich. Das fängt ja gut an.
Da begegnet mir plötzlich – der Weihnachtsmann.
Ja! Einer wie ich. Sah genauso aus.
Ich ruf: »He, Kollege, altes Haus!«
und denk noch: das ist doch wirklich schön,
daß manche Männer verkleidet gehn
als wenn sie selber der Weihnachtsmann wären,
um mich, Sankt Nikolaus, damit zu ehren.
Doch der war ein seltsamer Weihnachtsmann.
Er stößt mich zur Seite und knurrt mich an:
»Hau ab, du Heini! Was willst du hier?!
Hier arbeite ich. Das ist mein Revier!«
Ich sage: »Nicht böse sein. Raten Sie mal,
wer vor Ihnen steht: Das Original.
Ich *bin* Sankt Nikolaus. Vom Himmel! Ich
bin ...«
»Halt die Schnauze! da schick ich dich gleich
wieder hin!«
sagt dieser Mensch, gemein und roh.
Und ich frage: »Dann sind Sie wohl auch nicht –
froh?«
»*Was* soll ich sein? Ich bin arbeitslos!!

Und nun mach schon, Freundchen! Verdufte
bloß!«

Ach ja. Kaum wußte ich, wie mir geschah.
Doch als ich dann plötzlich im Kaufhaus war,
faßt' ich neue Hoffnung: Der ganze Raum
war wie ein einziger Weihnachtstraum.
»O, du fröhliche!« klang es der Menschheit zur
Heilung
im Engelschor durch die Haushalts-Abteilung.
Und: »Christ ist erschienen, Gottes Sohn«,
im ersten Stock in der Herren-Konfektion,
und: »Ihr Kinderlein kommet«, so sang es gar süß
im Erdgeschoß Kinder-Spielparadies.
Da ward mir ums Herz wieder heiter.

Ich schritt durch das Kaufhaus immer weiter und
weiter
und sah: Welche Fülle von Kostbarkeiten!
Es müßten die Engel den Menschen beneiden,
weil es im Himmel beispielsweise
keine Nachthemden gibt zu so günstigem Preise.
Und weihnachtsfröhlich, wie ich so bin,
sage ich zu der Verkäuferin:
»Fräulein, ich bin der Weihnachtsmann.«
Und sie fängt gleich zu kichern an
und flüstert: »Paß auf! Der Trick geht schief.
Heut hat der Warenhausdetektiv
schon sechs von deiner Sorte geschnappt.
Haben alle ganz schön was im Sack gehabt!«

Ich aber frage: »Bei der Festtagsmusik
empfinden Sie da kein Weihnachtsglück?«
»Die Musik?« fragt sie. »Alles Psychologie.
›O, Tannenbaum‹ macht den Zwanziger lose.
›Stille Nacht‹ holt den Hunderter dir aus der
Hose.«
»Aber Fräulein«, frage ich. »Wie ist es denn so:
Ist denn zu Weihnachten niemand hier froh?«
»Aber klar«, sagt sie. »In der Direktion,
die Herren, die freun sich drei Monate schon,
weil Weihnachten und der Heilige Christ
ihnen immer ein rechtes Frohlocken ist.«

Ja, ja, so war das. Ich brauch noch 'n Rum aus der
Flasche!
Ich also rauf – in die Chefetage –
weil sie doch sagte, die Herren da oben
würden das Weihnachtsfest lieben und loben.
Aber im Vorzimmer fragt eine Dame:
»Abteilung, Personalnummer, Name?«
Ich sage: »Verzeihung, ich hätte gern Bescheid:
Was empfindet der Chef so zur Weihnachtszeit?«
Da holt sie ein Blatt raus. Und darauf steht:
»Pressemitteilung. Der Umsatz geht
stark nach unten. Lohn und Material
sind gegenüber dem Vorjahresweihnachtsquartal
gestiegen. Der Abfluß durch Investitionen
hat zur Folge, daß in gewissen Regionen
Verluste anfielen, was dazu führt,

daß der Umsatz fällt oder höchstens stagniert.
Also Weihnachten: insgesamt negativ!«

Halleluja. Das war meine erste Tour.
Viel Weihnacht. Von Fröhlichkeit keine Spur.
Was soll ich bloß machen. Ist denn nirgendwo
ein Mensch, der einfach nur sagt: Ich bin froh?

3
Die Demaskierung

Ein paar Stunden später – o wehe: Da entdecken wir den armen alten Sankt Nikolaus in einer Imbißbude. Er kommt uns schon ziemlich abgerissen vor. Haben sie ihn überfallen? Warum ist sein Bart so zerzaust? Na, stellen wir uns doch einmal unauffällig neben ihn und hören, was er vor sich hinbrummelt:

O, Mann – ich muß mich erstmal erholen von dem Schreck. Mein armer Bart. So eine Frechheit. O, ihr Menschen, ihr ungläubigen Geschöpfe. Wenn das so weiter geht, ist es wohl endgültig vorbei mit meinem Außendienst.

Nachdem ich im Kaufhaus die erste Pleite erlebt hatte, dachte ich: Na gut, wenn die normalen Bürger nicht fröhlich sind, versuch ich's bei nicht ganz so normalen. Ich blätter' in meinen Karteikarten. Da steht z. B.: Pfarrer Schölmann. Ja, richtig, denk ich – da muß ich hin. Aber dann fällt mir ein – so 'n Gottesmann, der ist ja von Berufs wegen froh – das erkennen die bestimmt nicht an da oben. Doch plötzlich hab' ich die richtige Karte: Kunstmaler Mathias Querstrich. Kunstmaler, denk' ich, ist gut. Die haben doch soviel für die Heilige Familie getan mit ihren vielen Bildern. Ich also hin. Steh da vor der Haustür im sechsten Stock – das war so 'n älteres Haus, schon 'n bißchen baufällig. Überall standen Parolen an den Wänden – z. B. auch: »Stille Nacht/Karstadt lacht«. An der Wohnungstür stand: Mathias Querstrich, visuelle Kommunikation. Und wieder so Aufkleber wie »KKW-Nee« oder »Erst stirbt der Wald, dann stirbt der Mensch« – also alles sehr sympathisch. Ich klopf kräftig gegen die Tür. Eine junge Frau macht die Tür auf. Die ist barfuß und hat so wallende Kleider an, wie eine Büßerin, will ich mal sagen. Sie guckt mich an und sagt:

»Hallo, Sie haben sich wohl in der Tür geirrt!«

»Wer ist denn da?« ruft von hinten eine Männerstimme.

»Der Weihnachtsmann«, sagt die Frau. So ein bißchen albern. Und zu mir sagt sie: »Na, was wollen Sie uns denn verkaufen?!«

Ich sage natürlich meinen Spruch auf:

»Von drauß' vom Walde komm' ich her,
ich muß euch sagen, es weihnachtet sehr.«

»Das kann man wohl sagen«, lacht sie bissig, »Weihnachten ist die totale Profit-Orgie der kapitalistischen Wohlstandsgesellschaft!«

Na, wunderbar, denke ich. Dann bin ich hier ja richtig. Denn darüber hat der Oberengel sich ja auch beklagt. Und ich sage schon ganz zuversichtlich:

»Das ist's ja, worüber die Himmelsbehörde
bei mir, Sankt Nikolaus, sich beschwerte.
Drum bin ich gekommen zu guten Leuten,
die sich nicht lassen konsumverleiten.«

»Mathias«, ruft darauf die Frau nach hinten. »Der hat 'ne ganz raffinierte Masche!« Und zu mir sagt sie: »Na nun sagen Sie doch schon: Wie heißt die Illustrierte, die Sie uns andrehen wollen?«

In dem Augenblick kommt auch der Mann an die Tür. »Laß ihn doch rein, Jutta-Liese!« Er sieht wirklich wie ein Künstler aus: mit Schnurrbart und ganz wilden Haaren. Und Latschen trägt er an den Füßen. Aber er ist ganz freundlich zu mir, faßt mich am Arm und zieht mich in die Wohnung. »Komm, Genosse, ich weiß doch Bescheid«, sagt er. »Du bist Student und mußt dich durchschlagen. Versteh ich doch.«

In der Wohnung steht eine Staffelei, eine große Wand, wo lauter Zettel drangeheftet sind, Plakate mit 'ner Friedenstaube. Möbel waren gar keine richtigen da. Nur so Hocker und Matratzen aus Schaumstoff. Seine Frau aber hat was gegen mich. »Du weißt«, sagt sie, »wir lehnen den Weihnachtsmann ab.«

»Das ist doch was anderes«, sagt er. »Als Student muß man jobben. Hab' doch früher selbst beim Asta den Weihnachtsmann gespielt.« Ich muß natürlich den Irrtum aufklären und leg los:

»Ich bin der echte Sankt Nikolaus.
Ich hoffe sehr, ich find' in diesem Haus ...«

Aber er läßt mich nicht ausreden. Ob ich was trinken will, fragt er mich. Ich sag natürlich ja. Da stellt mir die Frau ein Glas hin mit 'ner roten Flüssigkeit. Ich nehm schnell einen Schluck – und muß beinahe spucken. Das war kein Likör, das war Karottensaft. »Von biologisch einwandfreien Karotten«, sagt die Frau. Aber der Mann muß unbedingt von seiner Zeit als Studenten-Weihnachtsmann erzählen.

»Mensch, ich weiß noch, wie ich '68 den Weihnachtsmann gemacht hab'. Bin ich rein in die Wohnung. Waren immer so ganz reaktionäre Typen, die uns bestellt haben. Honorar haben wir immer gleich im Flur vorweg kassiert. Und die Eltern dann immer: Unser Michael, Herr Weihnachtsmann, macht seine Schulaufgaben nicht ordentlich und schwatzt im Unterricht! Wenn Sie ihm mal so ein bißchen drohen würden, Sie verstehen schon. – So richtig diese repressive Scheiße von diesen Bourgeoisie-Typen. Ist klar, hab ich gesagt, und hab mich scheinheilig neben den Tannenbaum gestellt. Dann kamen die Kinderchen rein. Strahlende Kinderaugen – richtig zum Kotzen schön. Und dann fing natürlich der dicke Vater an: So, Michael, nun sag mal schön dein Weihnachtsgedicht auf. – Darauf hatte ich ja bloß gewartet. – Nein, sag ich, diesmal wollen wir das mal andersherum machen. Nun sagt uns der Papi mal sein Weihnachtsgedicht auf. Das möchte ich, der Weihnachtsmann, nun mal hören. Also los, Vati, sag *du* uns mal dein Gedicht auf! – Ha, da hättste diese fetten Bürger sehen sollen: Geschwitzt haben sie und rumgestottert. Sie konnten ja nichts machen. Ich war doch der Weihnachtsmann. Und hab natürlich dann zu dem Kind gesagt: Da sieht man es mal. Von dir verlangen sie, was sie selber gar nicht können. Also Michael, sei weiterhin schön ungehorsam. Und schwatz ruhig dazwischen in der Schule. Wer immer den Mund hält, wird nur ausgebeutet! – Hahaha – am liebsten hätten sie mich umgebracht, die Alten – ach, das waren noch Zeiten!«

Ich bin natürlich einigermaßen verstört bei solchen Reden. Aber da mischt sich auch wieder die Frau ein.

»Als Pädagogin finde ich es trotzdem nicht gut«,

sagt sie, »die autoritären Vorurteile der bürgerlichen Gesellschaft durch die Inkarnation des Weihnachtsmannes zu etablieren. Selbst wenn du im revolutionären Sinne als Partisanen-Weihnachtsmann agiert hast, hätten sich die soziologisch bedingten Assoziationen von einer gottähnlichen Vaterfigur zum Schaden für das gesamtgesellschaftliche Verhalten der Kinder auswirken können.«

Ich wollte mich schnell einschalten und sagte:

»Hab' meine Rute auch bei mir.
Im Himmel halten wir dafür,
daß gute Kind zu loben sind,
die Rute ist fürs böse Kind.«

Aber das war nun ganz und gar verkehrt. »Da hast du's!« ruft die Frau. »Die Manifestation der Prügelstrafe durch den als Weihnachtsmann verkleideten, verlängerten Arm der herrschenden Klasse. Der Weihnachtsmann ist der Klassenfeind der Kinder!«

Irgendwie wird mir immer unheimlicher. Ich denke schon: ob ich mich nicht besser verdrücke? Aber da flüstert der Mann seiner Frau etwas ins Ohr. Die strahlt plötzlich ganz fröhlich und ruft: »Ja, gut! Das ist eine gute Aktion!« Und sie geht aus dem Zimmer. »Jutta-Liese holt unseren Sohn herein«, sagt der Mann.

Dann holt er eine Flasche aus einem Versteck und schenkt mir ein Gläschen ein. »Schnell«, sagt er. »Ich hab' wohl gemerkt, daß Ihnen der Karottensaft nicht geschmeckt hat.«

Ich trinke – es ist ein guter Korn. Dann nimmt er selbst schnell einen Schluck aus der Flasche und tut sie zurück ins Versteck. Und da ist auch schon die Mutter mit dem Jungen zurück. Der Junge ist vielleicht fünf oder sechs Jahre alt. Er guckt mich freudig an, wie ein braves, gutes Kind und sagt: »Oh, der Weihnachtsmann.« – Ich fang natürlich gleich mit meinem Vers an:

»Allüberall auf den Tannenspitzen
sah ich goldene Lichtlein blitzen.
Und wie ich so strolcht ...«

Aber in *dem* Augenblick – ich kann gar nicht so schnell begreifen, was mit mir geschieht – ruft der Vater: »Es ist alles falsch an ihm! Es gibt nämlich gar keinen Weihnachtsmann. Guck es dir selbst an. Auch sein Bart ist falsch!« Und damit reißt er mir die Mütze ab, springt an meinen Bart und will ihn abreißen. Das tut natürlich weh. Der Bart ist nunmal echt. Er zieht und hängt sich richtig dran – und wir fallen beide zu Boden. Dabei flüstert mir der Vater ins Ohr: »Verdammt, warum geht denn der Bart nicht ab!«

Der Junge fängt an zu weinen:

»Lieber, guter Weihnachtsmann,
nimm dich meiner Eltern an!«

Panische Angst erfaßt mich. Ich nehme meinen Sack und bin mit einem Satz an der Tür. Der Vater ruft ganz verdattert: »He, Alter. Entschuldigung. Ich kann doch nicht wissen, daß der Bart echt ist«, aber ich hab' genug. Ich frag' nur noch schnell: »Und wie fühlen Sie sich in der Weihnachtszeit?«

Da rufen die Frau und der Mann wie aus einem Mund: »Unheimlich beschissen!«

Da bin ich so schnell ich konnte die Treppe runter.

Jetzt hab' ich wirklich Angst, daß ich keinen einzigen Menschen finde, der Weihnachten einfach nur froh ist. Denn die, die den Weihnachtsmann mögen, die sind im Streß – und die, die ihn ablehnen, die dürfen gar nicht froh sein!

4
Die Bescherung

Heiligabend ist schon fast vorbei. Vor der Tür eines kleinen Einfamilienhauses mit Garten steht der Schlitten des Nikolaus. Der Schimmel scharrt ungeduldig im Schnee, er weiß: Es ist Zeit, zurück in den Himmel zu traben. Sie müssen spätestens um ein Uhr drei die Erdumlaufbahn verlassen, sonst verpassen sie die Weltraumfähre in der fünfzehnten Galaxis. Aber wo bleibt St. Nikolaus? Da öff-

net sich die Tür des Hauses und heraus schleicht unser hauptberuflicher Weihnachtsmann. »O du fröhliche«, klingt es aus dem Haus heraus. Und nun kommt er auf den Schlitten zu. Täuschen wir uns oder schwankt er ein wenig? Er wird doch wohl nicht wieder zuviel Rum getankt haben! Jetzt wirft er Sack und Rute auf den Schlitten und fällt seinem Schimmel um den Hals.

»Mir ist so froh!« hat sie gesagt. Hihi. Ich hab' ihn, den frohen Menschen. Ich hab' ihn! Ach, das muß ich dir erzählen ...

Na dann hören wir ihm doch einfach mal zu. Der Alte lehnt sich an die Deichsel und erzählt:

Ich wollt' es ja schon aufgeben nach dem Reinfall mit dem Kunstmaler – aber dann dachte ich: Gut, ein letzter Versuch bei einer richtig gemütlichen Familie. Familie Bergmann, humorvoll, kinderlieb, viel Familiensinn – stand in der Kartei. Ich läute, die Tür wird geöffnet und die Hausfrau, in Schürze und mit Lockenwicklern im Haar, schlägt die Hände überm Kopf zusammen und ruft: »Was wollen Sie denn schon hier! Oh Gott, oh Gott!« Und ehe ich noch antworten kann, zieht sie mich in den Hausflur. »Schnell, schnell, daß die Kinder Sie nicht sehen. Ich hab' der Vermittlung doch gesagt um 17.45 Uhr. So, hier herein.«

Damit stößt und zieht sie mich ins Wohnzimmer. In der Stube steht schon der Weihnachtsbaum, aber sonst ist noch alles in Unordnung. Der Vater, Herr Bergmann, sitzt auf dem Teppich und bastelt an einem Fernlenkauto. Um ihn herum liegen Rädchen, Drähte und Schrauben. Und Frau Bergmann ruft wieder: »Oh Gott, oh Gott! Und du bist immer noch nicht fertig.«

Aber der Vater läßt sich überhaupt nicht aus der Ruhe bringen. Er sagt: »Elsbeth, warum befolgst du meinen Plan nicht? Der Weihnachtsmann soll doch erst um 17.45 Uhr erscheinen!«

Die Frau ist vollkommen nervös. »Was kann denn ich dafür!« Dann rennt sie zum Tisch rüber, auf dem noch allerlei Schachteln und Papier unaufgeräumt herumliegen. Sie ruft: »Mein Gott, ich muß den Tisch noch decken! Kannst du denn nicht wenigstens dieses ganze Zeugs hier wegräumen?«

Aber Herr Bergmann mit seiner sonoren Stimme sagt nur: »Elsbeth, du sollst doch ruhig bleiben.«

Frau Bergmann läuft zum Weihnachtsbaum rüber und ruft: »Und Kerzen! Es sind immer noch keine Kerzen am Baum! Mein Gott, und bald kommen Vater und Mutter!«

Herr Bergmann steht von seiner Arbeit auf, nimmt die Hand seiner Frau und redet beruhigend auf sie ein: »Was ist denn los, Elsbeth? Wir haben uns doch vorgenommen, diesmal soll alles in Ruhe geschehen. Ich habe dir doch extra einen Plan gemacht. Wenn du dich daran hältst, geht auch alles in

Ordnung. Du weißt doch: meine Aufgabe ist es, das Auto für den Jungen fertigzubauen. Ich halte mich an meine Aufgabe. Deine Aufgabe ist es ...«

Aber die Frau kann ihm gar nicht zuhören. Sie reißt sich los und ruft: »Der Puter, der Puter!«, und saust ab in die Küche.

Dann setzt sich Herr Bergmann wieder auf den Boden und sagt: »Meine Frau hat Sie zu früh bestellt. Sie sollten erst um 17.45 Uhr kommen.«

Ich will den Irrtum natürlich aufklären und sage: »Oh nein, sie hat mich nicht bestellt!

Vom Himmel nieder, auf die Welt
komm ich, St. Nikolaus, der Echte.
Weil ich hier frohe Menschen finden möchte.«

Aber der Vater begreift gar nicht, was ich damit sagen will. Er ist wieder ganz bei seinem Fernlenkauto. Irgendwie bastelt er da an einem Schaltkreis herum und dann ruft er wieder: »Elsbeth! Elsbeth!! Denkst du auch an den Rotwein?« Mir bietet er an, mich aus der Flasche zu bedienen, die auf dem Tisch steht. Da war Kognak drin. Natürlich hab' ich mich nicht zweimal bitten lassen.

Frau Bergmann kommt wieder aus der Küche gerannt und ruft: »Könntest du denn nicht bitte den Rotwein aus dem Keller raufholen?« Aber der Vater, ganz die Ruhe und Ausgeglichenheit, sagt nur: »Nein, das ist doch deine Aufgabe, Elsbeth.

In zehn Minuten kommen Vater und Mutter. Die Kiste steht im Keller neben der Werkbank.«

Es ist richtig beängstigend. Jetzt kommt Frau Bergmann wieder mit einem Messer in der Hand durch den Raum geschossen und ruft: »Ich muß noch den Tisch decken! Ich muß noch den Tisch decken!« Herr Bergmann spricht wieder hinter ihr her: »Warum bist du denn so hektisch, Elsbeth? Und vergiß nicht, du mußt noch das Bild vom Watzmann wieder aufhängen, das Vater und Mutter uns geschenkt haben.«

Aus dem Keller hört man ein verzweifeltes: »Oh Gott, oh Gott!« Aber der Vater, Herr Bergmann, ist, wie gesagt, immer die Ruhe selbst. Wie ein Fels im Sturm. Er sitzt auf dem Fußboden und bastelt an seinem Fernlenkauto. Mir erklärt er: »Meine Frau ist Heiligabend immer etwas aufgeregt, die Gute. Darum habe ich ihr diesmal alles schön aufgeschrieben, was zu tun ist, damit sie nicht wieder den Kopf verliert. Wissen Sie, Frauen haben keinen Sinn für rationelle Arbeitseinteilung. Und dann wundern sie sich, wenn sie nervös werden.«

Wieder kommt Frau Bergmann herein. Sie schleppt sich mit einer schweren Weinkiste ab und hat noch einen großen Steinkrug unter dem Arm. »Oh Gott, ich kann nicht mehr! Ich muß mich ja auch noch umziehen!« Aber Herr Bergmann interessiert sich nun gar nicht mehr für seine Frau. Er sagt wieder: »Schatz, es ist alles eine Frage der

Einteilung.« Und während seine Frau die Sachen in die Küche schleppt, erklärt er mir, unter Männern, die komplizierte Technik des Fernlenkautos.

»Sehen Sie mal, Herr Weihnachtsmann«, sagt er, »eine 81er Turbomaschine, Sechsganggetriebe, Einzelradaufhängung, Stereokopflenkwelle, ferngesteuert, Ultraschallichtwellenreflektor, Fernlenkhupe.« Er hupt und freut sich, daß die Hupe funktioniert. Da kommt wieder seine Frau angerast, sie reißt den Schrank auf, um die Gläser herauszunehmen. »Elsbeth, hast du die Kristallgläser abgewaschen?« fragt Herr Bergmann. »Du weißt, Mutter achtet sehr darauf!«

Ein verzweifeltes Stöhnen von ihr ist die Antwort. »Mein Gott, ich weiß nicht, wie ich alles noch schaffen soll!« »Siehst du wohl«, sagt Herr Bergmann, »das kommt, wenn du dich nicht an den Plan hältst.«

Da klingelt es. Herr Bergmann sagt: »Elsbeth, es klingelt.« Die Frau ist so aufgeregt, daß sie ein Glas fallen läßt, und rennt wieder aus der Tür. Aber es ist richtig beruhigend, wie Herr Bergmann mir dann erklärt: »Ja, wir haben uns vorgenommen, diesmal so richtig fröhlich und beschaulich Weihnachten zu feiern. Nicht so aufgeregt, wie sonst immer. Für uns ist Weihnachten nämlich ein Fest der Liebe und der Fröhlichkeit, wissen Sie.«

Genau darauf habe ich ja gewartet und schon habe ich wieder eine Hoffnung. Ich sage:

»Oh das ist recht. So bin ich richtig hier im Haus.

Der Oberengel sagte: St. Nikolaus ...«

Das Telefon klingelt. Herr Bergmann ruft: »Elsbeth, Telefon, Elsbeth!« Frau Bergmann kommt mit einem sperrigen, riesengroßen Paket hereingeschwankt, das ihr wohl von der Post an der Tür übergeben worden ist. Das Paket ist größer als sie selbst. Sie stöhnt und ächzt: »Was ist das? Das ist hier abgegeben worden!«

Herr Bergmann sagt wieder: »Telefon, Elsbeth!« Und mir flüstert er zu: »Das Paket ist eine Überraschung für Elsbeth. Da ist ein Multimax-Staubsauger drin. Das Allermodernste. Sensortechnik, geräuscharm, automatische Kabelrolle!«

Frau Bergmann ist inzwischen am Telefon: »Fröhliche Weihnachten. Ja, ach, das ist lieb von euch.« Es klingt ziemlich verzweifelt.

Wieder klingelt es an der Tür. Herr Bergmann, der immer noch auf dem Teppich sitzt, ruft: »Es klingelt, Elsbeth! Das werden sie sein.« Frau Bergmann hat schon etwas Irres im Blick. Sie rauft sich die Haare, wo immer noch die Lockenwickler sitzen, und es kommen nur noch abgehackte Sätze aus ihrem Mund: »Mein Puter! Der Salat. Noch umziehen. Die Kerzen. Das Bild.«

Wieder rennt sie in den Flur. Im selben Augenblick bricht Herr Bergmann in einen Jubelruf aus: »Hurra, Hurra, es funktioniert!« Dann schiebt er die Sessel und Stühle beiseite und setzt das Fernlenkauto in Bewegung. Es rast durch den Raum und überschlägt sich am Weihnachtsbaum. »Ein Wunder der Technik!« ruft der fröhliche Vater. In diesem Augenblick kommt Frau Bergmann mit Schwiegervater und Schwiegermutter herein.

Die beiden sind festlich gekleidet, aber sie blikken auch recht streng. Die Schwiegermutter bleibt an der Tür stehen, sieht ihre Schwiegertochter an und sagt: »Aber Kind, willst du etwa so Heiligabend feiern? In der Aufmachung?« Der Schwiegervater sieht auf seine Armbanduhr und ruft: »Um 18 Uhr ist Bescherung. Noch zwölf Minuten. Ihr wißt, ich lege Wert auf Pünktlichkeit.«

Das gibt Frau Bergmann nun fast den Rest. »Entschuldigt mich. Der Puter. Dann muß ich mich auch noch umziehen. Und der Tisch ist noch nicht gedeckt. Und der Salat.« Sie rast wieder aus dem Zimmer.

Herr Bergmann aber strahlt vor Freude darüber, daß er das Fernlenkauto nun noch rechtzeitig fertig hat. Stolz geht er zu seinem Vater und zeigt ihm das Werk. »Rechtzeitig zur Bescherung fertig geworden«, sagt er. »Der Junge hat es verdient. Turbomaschine, Sechsganggetriebe, ferngelenkte Stereoskopsteuerung mit Beschleunigungsgang.« Frau Bergmann kommt wieder ins Zimmer und rennt gleich wieder raus. Sie weiß schon selbst nicht mehr, wo ihr der Kopf steht. Die Schwiegermutter aber hat jetzt entdeckt, daß das Gemälde vom Watzmann nicht mehr an der Wand hängt. Sie stemmt die Hände in die Hüften, blickt auf die Wand und sagt: »So, und das Watzmann-Gemälde hängt auch nicht mehr. Es ist unseren Kindern wohl nicht modern genug!«

Der Schwiegervater hat inzwischen die Weihnachtsglocke unterm Tannenbaum entdeckt. Er schwingt sie über dem Kopf und klingelt damit: »Nur noch vier Minuten bis zur Bescherung!« ruft er. Wieder kommt Frau Bergmann hereingerast, halb angezogen, und verschwindet in Richtung Küche.

Die Schwiegermutter schüttelt den Kopf und ruft hinter ihr her: »Daß du nie fertig werden kannst, Elsbeth, nicht mal neue Gardinen hast du aufgesteckt!« Und in diesem Augenblick entdeckt sie mich.

»Was wollen Sie denn hier!« herrscht sie mich an. »Sollen die Kinder Sie etwa zu früh sehen? Raus, verschwinden Sie auf den Balkon!«

Ich nehme schnell noch einen Schluck aus dem Kognakglas und verschwinde auf den Balkon. Durch die Gardine beobachte ich, wie es drinnen weitergeht. Herr Bergmann baut das Auto unter dem Tannenbaum auf und betrachtet es immer noch geradezu verliebt. Dann ruft er: »Elsbeth, du mußt noch den Tisch abräumen und aufdecken.« Er denkt nicht im entferntesten daran, daß er das tun könnte.

Der Schwiegervater schwingt wieder die Glocke über dem Kopf und ruft: »Noch drei Minuten bis zur Bescherung!« Die Tür wird aufgerissen, drei Kinder stürzen herein und rufen: »Papa, Mama, ist Bescherung?« Aber der Vater drängt sie wieder hinaus: »Gleich Kinder, gleich. Noch zwei Minuten.«

Frau Bergmann kommt mit einem Tablett voller Geschirr und will zum Tisch, um dort die Gläser aufzudecken. Im selben Augenblick klingelt es und Herr Bergmann ruft wieder: »Elsbeth, es klingelt! Und der Tisch ist noch nicht gedeckt. Wo hast du denn die Geschenke?«

Frau Bergmann steht wie zur Salzsäule erstarrt. Plötzlich läßt sie einfach das Tablett fallen und läuft zur Tür. Es klirrt, alle Gläser liegen auf dem Boden! Die Schwiegermutter ist entsetzt. Mit ihrer durchdringenden Stimme ruft sie: »Sechs Kinder haben wir großgezogen, aber so etwas hat es bei uns nicht gegeben. Und nun schwingt der Schwiegervater wieder seine Glocke und ruft: »Bescherung, Bescherung! Fröhliche Weihnachten!«

Inzwischen hat Herr Bergmann eine Schallplatte aufgelegt. In das ganze Durcheinander hinein erklingt nun: »O du fröhliche, o du selige!«

Frau Bergmann kommt wieder herein. Sie ist bleich. Ihr Gesichtsausdruck hat etwas Irres. »Der Weihnachtsmann!« stammelt sie.

Da fällt mir ein, daß ich zur Bescherung wohl

gebraucht werde. Ich öffne also die Balkontür und trete wieder ins Zimmer, aber, du großer Schreck: Da kommt ja noch ein Weihnachtsmann ins Zimmer – vom Flur her. Das ist also der, den sie bestellt hatten. Er stammelt eine Entschuldigung:

»Von drauß vom Walde komm ich her,
hab im Stau gesteckt, war soviel Verkehr ...«

Die Familie ist völlig irritiert. Die Schwiegermutter keift: »Aber, Elsbeth, was hast du denn nun schon wieder gemacht!«, und Herr Bergmann sagt böse: »Wie kannst du denn zwei Weihnachtsmänner bestellen!« Der alte Schwiegervater aber schwingt zu alledem seine Bimmel und ruft immer noch: »Bescherung, Bescherung!« Die Kinder sagen: »Ihr lieben guten Weihnachtsmänner ...«, aber da fällt Frau Bergmann mit einem kleinen Aufschrei auf einen Stuhl. Dabei zittert sie so komisch, daß man nicht weiß: Weint sie nun oder lacht sie? Aber ganz deutlich sagt sie: »Oh, bin ich froh, oh, bin ich froh ...«

Ich bin sofort bei ihr und frage: »Was haben Sie gesagt, Frau Bergmann?«

»Oh, bin ich froh ...«

Ich geb' ihr einen Kuß auf die Wange und stapfe sofort in Richtung Tür. Zwar ist mir, als höre ich sie leise hinzufügen: »... wenn dieser Abend vorbei ist.« Aber das ist so leise, daß ich es eigentlich gar nicht mehr hören kann. Ich hab' ja auch nicht mehr die jüngsten Ohren. Sie hat jedenfalls gesagt: »Ich bin so froh! Ich bin so froh!« – und mehr verlangen die ja nicht da oben. Ich werde sagen:

»Hohe Himmlische Behörde!
Sankt Nikolaus meldet, zurück von der Erde:
Frau Elsbeth Bergmann, sie sagte so:
Im Namen aller Menschen: ich bin so froh.«

Sankt Nikolaus küßt seinen Schimmel auf die Ohren. Dann klettert er ächzend in den Schlitten und ruft:

»Hü! Milchstraße frei. Durchs Sturmgebraus.
Den Himmel auf! Hier kommt Sankt Nikolaus!«

Der Schimmel trabt davon in die Dunkelheit. Nur seine Glöckchen sind noch eine ganze Zeit zu hören.

Ja, das ist die Geschichte vom Weihnachtsmann in Nöten. Ich frage mich nun bloß: ob sie ihm diese *Antwort im Himmel durchgehen lassen? Oder ob er seinen Außendienstposten verliert? Man darf gespannt sein.*

Zug der Tiere

Durch den Wald hört man ein Raunen,
und der Jäger sieht mit Staunen:
Reh und Hase fürchten sich nicht mehr.
Alle Tiere – auf die Lichtung
strömen sie aus jeder Richtung:
Fuchs und Wildschwein, Wolf und Schaf und Bär.
In der Luft ein Summen, Singen,
dumpfes Brausen, Flügelschwingen:
alle Vögel schweben auch heran.
Bussard, Adler, Storch und Meise,
keiner scheut die weite Reise,
denn die Sache hier geht alle an!
Auch ein Walroß ist dazwischen,
abgeordnet von den Fischen,
denn die können ja nicht mitmarschiern.
Plötzlich ruft der Uhu: »Leute,
wir hab'n nichts gesagt bis heute,
aber heute, da wolln wir mal demonstriern!«
Panther, Zebra, Falke, Ente,
sie entrollen Transparente,
darauf steht in echtem Tier-Latein:

»Mensch, hör auf, die Welt zu töten,
alles Leben zu zertreten!
Dir gehört die Erde nicht allein!«

Und ein Frosch mit Zornesbeben
fordert: »Laßt die Störche leben!
Mensch, das sagen wir, die Frösche, dir!«
Und der Fuchs, dieser Schlawiner,
protestiert für die Rebhühner:
»Das Erlegen überlaßt nur mir!«
Und das Walroß hat 'ne Liste:
»In den Flüssen, an der Küste,
sterben täglich Fische ohne Zahl!
Hering, Adler, Butt und Barben
im verseuchten Wasser starben,
ohne Gnade jagen sie den Wal!«
Daß die Erde nicht krepiere,
sammelt sich der Zug der Tiere:
Heute nacht erreichen sie die Stadt.
Hört ihr heut etwas gurren,
bellen, piepen, grunzen, knurren,
wißt ihr: was das zu bedeuten hat!

Mensch, hör auf, die Welt zu töten,
alles Leben zu zertreten!
Dir gehört die Erde nicht allein!

Plötzlich sieht man mit den Zweigen,
alle Kiefern sich verneigen.
Ach, so manche ist schon braun und kahl.
Müßten wir nicht wehrlos stehen,
würden wir jetzt mit euch gehen,
unsere Wunden zeigend wie ein Mal.
Birken, Buchen, Lärchen, Eichen,

wollen von der Stelle weichen.
Wie es ächzt und stöhnt im ganzen Wald!
Viele, die schon halb gestorben,
sind noch einmal wach geworden,
rufen: »Helft uns! Helft uns! Aber bald!«
Ich, der Wald, den in Gedichten
ihr besungen und Geschichten,
alle Bäume, todkrank und betrübt,
sagen: »Worte, fromme Lieder,
machen uns gesund nicht wieder.
Nein, beweist uns jetzt, daß ihr uns liebt!«

Mensch, hör auf, die Welt zu töten,
alles Leben zu zertreten!
Dir gehört die Erde nicht allein!

Omas Überraschung

»Mutter, bitte nicht dieselbe Überraschung wie vorigen Heiligabend!« sagt Margret am Telefon.

»Willst du mir etwa vorschreiben, was ich zu schenken habe?« ist die Antwort.

»Mutter, ich bitte dich! Du mußt doch verstehen ...«

»Deine Kinder haben sich jedenfalls über kein anderes Geschenk so gefreut. Nur du und dein Mann seid dagegen. Weil ihr kein Herz habt!«

Abends sagt Margret zu Gerd, ihrem Mann: »Ich mag gar nicht daran denken. Ich glaub', deine Mutter hat diese Weihnachten denselben genialen Einfall wie voriges Jahr ...«

Im vorigen Jahr, das war so gewesen:

Um 18 Uhr kam Oma an. Mit dem Taxi und drei großen Paketen. Seltsame, unförmige Pakete. Sie war noch nicht ganz in der Wohnung, da fing sie schon an:

»Beeilt euch mit der Bescherung. Ich kann nicht solange warten – wegen der Überraschung!«

»Wieso? Werden deine Geschenke schlecht?« hatte Gerd gefragt.

Aber die alte Dame – ganz geheimnisvoll: »Nein, nein – aber sie müssen dringend ausgepackt werden!«

Dann strahlten die Kerzen am Baum, Jürgen und Doris, die Kinder, kamen herein. Gerd schenkte noch einen Sherry ein und wollte gerade »Fröhliche Weihnachten!« rufen – da klang es irgendwie, als hätte etwas geknurrt ...

Oma griff nach dem größten Paket, drückte es Jürgen in die Hand und rief: »Das ist für dich. Schnell, mach auf. Sonst erstickt er noch!«

Gleichzeitig gab sie Doris das etwas kleinere Paket.

Wer beschreibt die Freude von Gerd und Margret, als wenige Augenblicke später ein kleiner Hundebastard vor Aufregung an den Weihnachtsbaum pinkelte und ein allerliebstes Kätzchen in panischer Angst die Gardinen raufflitzte.

Die Kinder waren völlig aus dem Häuschen.

»Ein Hund, wie schön!«

»Ein Kätzchen. Oma, ich liebe dich!«

Nur Margret wagte schüchtern einzuwenden:

»Mutter, du hättest uns doch vielleicht fragen müssen, weil ...«

Aber da war sie gerade an die Richtige gekommen.

»Kein Mensch denkt Heiligabend an die Tiere. Einsam trauern sie im Tier-Asyl. Herzlos seid ihr alle! Wer die Tiere nicht liebt, ist ein schlechter Mensch. Wollt ihr diese armen Kreaturen etwa wieder verstoßen?«

Sie hatte den Zeitpunkt großartig gewählt. Die Kinder riefen ängstlich:

»Es sind unsere Weihnachtsgeschenke. Die dürfen wir behalten ...«

Da hatte Gerd sich und seiner Frau erst mal einen großen Kognak eingeschenkt und hatte Margret zugeflüstert:

»Keine Angst. Bis Neujahr sind die uns ... entlaufen, verstehst du?«

Aber auch *die* Rechnung ging natürlich nicht auf. Margret brachte es drei Tage später einfach nicht mehr übers Herz, die Tiere zurückzubringen – und verriet den Kindern des Vaters grausame Absicht.

Und nun? Diese Weihnachten?«

»Die bringt uns bestimmt Meerschweinchen ins Haus!« stöhnt Margret.

»Es soll im Tier-Asyl sogar entsprungene Affen geben«, grinst Gerd.

Auf jeden Fall sieht die Familie den Geschenken von Oma mit großer Spannung entgegen.

Der »Weihnachtsbaum«

Hilfe, ich bin in Frankfurt. Man hat mich hier in so ein Superhotel verfrachtet, so einen Menschensilo. Unheimlich teuer, unheimlich luxuriös. Es ist 23 Uhr. Ich bin auf Zimmer 487 gefangen. Ja, gefangen – so komm' ich mir vor. Das Fenster kann man nicht öffnen. Wegen der Klimaanlage. Und draußen schneit es. Ich möchte die Schneeflocken anfassen. Aber ich lebe in einer Zeit, in der die Häuser keine Fenster mehr haben – keine Fenster zum Öffnen. Die »Landschaft« da draußen ist utopisch: Betonschlangen auf Stelzen. Das sind Straßen. Über-, unter- und nebeneinander halten sie in kühnen Kurven und Schleifen die Erde umschlungen. Und ich frage mich: Warum kann ich mich nicht darüber freuen, daß es schneit!

Nachts in meinem Traum schneit es immer noch. Und plötzlich sitzt da wieder mein Vater auf dem Baum. Er sägt aus Leibeskräften an dem dicken, schweren Lindenast. Seit zwei Stunden sägt er schon mit der Baumsäge, die eigentlich von zwei Männern bedient werden muß. Aber ich kann ihm nicht helfen. Ich bin erst neun Jahre alt. Alles, was ich tun kann, ist aufzupassen, ob ein Polizist kommt.

Ja, das war 1945, eine Woche vor Weihnachten. Wir hatten keine Kohlen mehr. Seit 14 Tagen saßen wir in Mäntel und Wolldecken gehüllt in der Wohnung. Vor dem Lagerraum, in dem wir hausten, führte die breite Straße vorbei. Auf der standen in zwei Reihen prächtige Linden. Fast jeden Morgen, wenn wir auf die Straße sahen, fehlte wieder ein großer Ast aus den Bäumen ... Mein Vater sagte: »Es hilft nichts. Auch wir wollen Weihnachten nicht erfrieren.«

Ich weiß noch genau, wie es krachte und splitterte, als der Ast auf die Straße fiel. Mein Vater fiel sozusagen hinterher. Völlig erschöpft. Wissen Sie, was für ein Ungetüm so ein schneebeladener Lindenast ist? Diesen hundertköpfigen Drachen mußten wir nun noch von der Straße über die Straßenbahnschienen hinweg in die Auffahrt zu unserer Behausung schleifen. Es war ein Drama im Schneegestöber. Ein Kampf gegen die Zeit, die Kälte und gegen die Angst vor der Polizei. Jeden Moment konnte die erste Straßenbahn auftauchen. Die Äste verhakten sich in der Pforte zur Auffahrt. Mein Vater zog, schwitzte und stöhnte. Und plötzlich stand ein Mann in Uniform vor uns: Polizei. Mein Vater ließ keuchend die Äste los, aber der Polizist rief: »Los, anfassen.« Ein Ruck, ein paar krachende Zweige – es war geschafft. Ohne ein weiteres Wort entschwand der Polizist im dichten Schneetreiben.

Drinnen, in unserer Lagerwohnung, ließ mein Vater sich auf den Stuhl fallen und schnaufte: »Ist das eine Zeit. Wo die Linden Weihnachtsbäume sind und die Weihnachtsmänner Polizisten.«

Heute morgen ist es wieder 1977. In Frankfurt schneit es noch immer auf die Betonwelt. Und plötzlich begreife ich, warum das Schneien mir keinen Spaß macht: Da ist ja kein einziger Baum zu sehen von meinem Fenster bis hinten zum Flugplatz. Du armer Schnee. Du fällst in eine Zeit, in der die Straßen keine Bäume mehr haben.

Der Weihnachtsmann auf der Reeperbahn

Von drunt' vom Hafen komm' ich her.
Ich muß euch sagen, es war ziemlich schwer,
auf St. Pauli bei leichten Mädchen und Seebär'n
den Alten mit seinem Sack aufzustöbern.
Und wie ich so schritt durch das Schneegeriesel:
bei der Großen Freiheit fand ich ihn dann
in einer polizeilich verbotenen Piesel
und stinkbesoffen – den Weihnachtsmann.

Er hing an der Theke, soff Grog und sang stolz
(und es lauschten andächtig die Gäste)
die Ballade: ›O Tannen-, o Tannenholz,
wie klebrig sind deine Äste!‹
Sein traditioneller, weißwallender Bart
geriet ihm des öftern ins Grog-Glas,
wobei er nach typischer Weihnachtsmannart
leicht schräge auf seinem Bock saß.
Das war eine Stimmung! So weihnachtlich!
Zwei Striptease-Engelchen setzten sich
dem Weihnachtsmann auf die Beine
(die hatten ganz schön einen sitzen,
und da sah man die Lichtlein blitzen ...)
und schließlich weinte die eine:
O, lieber guter Weihnachtsmann,
nun fang mit der Bescherung an!

Und da verhaute der Gute
die Weiber mit seiner Rute ...
Und dann grölten wir alle im Männerchor
das Lied vom offenen Himmelstor,
und der Weihnachtsmann rief: Hosianna! Hepp,
hepp!
und versuchte samt Sack einen Solostep,
wobei er geschickt auf den Tischen sich tollte
und plötzlich dumpf dröhnend zu Boden rollte.
Da ertönte ringsum der fromme Appell:
»Hebe die Beine und spute dich schnell!«
Es klangen die Glocken,
es fielen die Flocken,
es qualmten die Socken,
es eilten die Stunden, acht Glasen, veer Klocken,
Ahoi! holder Knabe mit goldenen Locken,
kein Auge blieb trocken,
und den Weihnachtsmann sah man nur groggen
und groggen!

Der Wirt war am Bierhahn längst eingeschlafen.
Es tuteten weihnachtlich-milde vom Hafen
die Werft- und die Schiffssirenen.
Aber noch immer gab einer der Engel
nicht Ruh mit dem christlichen Liebesgequängel
und flocht, um den Weihnachtsmann zu
verwöhnen,
Bierdeckel in seinen Bart und Brezelgeschmeide
und sprach: »Ich verkündige dir große Freude ...«

Der Weihnachtsmann ergriff seinen Sack.
»Du Naseweise, du Schelmenpack,
du Aufgebundene bis untenhin,
du glaubst wohl nicht, daß ich der
Weihnachtsmann bin?«
Und fing an zu weinen. Von einer Marie,
die eigentlich eine Jungfrau hold.
Auf dem Heiligengeistfeld habe er sie
überredet zu was sie von selbst nie gewollt.
Aber Weihnachten dürfe ihn keine verführen –
und begab sich hinaus auf die Reeperbahn
(den Sack auf dem Rücken, auf allen vieren,
vermied er es klug, die Balance zu verlieren),
wobei er entsetzlich zu grölen begann:
»Die Menschen, die haben keine Frömmigkeit
nicht!«
Und entschwankte zur Fähre.
Zur ersten Schicht.

Heiligabend zur »Windigen Ecke«

Ende November klingelte Käpt'n Lühmann bei Oma Pieper. Wie immer hatte er seinen Elbsegler auf, der ihm bei den Nachbarn den Kapitänstitel eingetragen hatte, und wie immer rauchte seine Seemannspfeife. Es ginge um Weihnachten, Heiligabend, sagte Käpt'n Lühmann. Onkel Karl, der Wirt von der »Windigen Ecke«, wo Frau Pieper im Sommer immer ihr Alsterwasser trinke, der habe sich was ausgedacht: Alle einsamen Menschen aus der Umgegend, die Heiligabend kein Zuhause haben oder nicht wissen, wohin, sind eingeladen zur Weihnachtsfeier. Onkel Karl gibt Kaffee und Stollen aus und hinterher drei Grog oder eine Flasche Wein für jeden. Und er, Käpt'n Lühmann, habe den Auftrag, die Sache zu organisieren. Und da hätte er nun mal eine Frage: Ob Frau Pieper vielleicht für die Musik sorgen könnte. Er habe ja oft genug mitgekriegt, wie gut sie Klavier spielt. Erst neulich wieder auf ihrem Geburtstag. Die Decken und Wände sind ja so dünn, daß man einfach alles hört. Bestimmt würden sich die alten Leute freuen. So 'n Klavier, das ist doch viel gemütlicher als 'n Plattenspieler oder diese furchtbare Musik-Box.

Die alte Frau Pieper wußte zuerst gar nicht recht, was sie davon halten sollte. Das mit der

Weihnachtsfeier für einsame Menschen, das fand sie richtig nett von Onkel Karl, dem Wirt. Hätte sie ihm gar nicht zugetraut, dem alten Brummbär. Aber daß sie da mitmachen sollte? Noch nie war sie Heiligabend ohne ihre Familie gewesen. Da mußte man doch zu den Kindern und Enkelkindern. Allerdings, wenn sie daran dachte, wie es das letzte Mal bei Inge gewesen war. »Weihnachten ist eine einzige Heuchelei!« hatte Marcus gesagt. Und vom Weihnachtsmann durfte man auch nicht mehr reden. »Joanna weiß, daß es keinen Weihnachtsmann gibt. Wir belügen unsere Tochter nicht!« So 'n Quatsch! Dabei hatte die Kleine so gespannt zugehört und konnte gar nicht genug kriegen von Omas Weihnachtsgeschichten. Damals hatte Frau Pieper sich geschworen: Nächsten Heiligen Abend bleib' ich zu Hause! Einen Augenblick hätte sie deshalb am liebsten ja gesagt. Was Käpt'n Lühmann da erzählte, gefiel ihr. Und Klavier spielen konnte sie ja wirklich noch ganz gut – auch wenn ihr Sohn Bruno immer so 'n komisches Gesicht machte, wenn sie dem kleinen Oliver ein Lied vorspielte. Trotzdem sagte Frau Pieper:

»Das geht nicht, Herr Lühmann. Es ist nett von Ihnen, daß Sie an mich gedacht haben. Aber meine Kinder warten Heiligabend auf mich. Die wären furchtbar traurig, wenn ihre Oma nicht kommt.«

Käpt'n Lühmann sah sie etwas finster an, kippte den Oldesloer Klaren runter, den Frau Pieper ihm eingeschenkt hatte, setzte seinen Elbsegler wieder auf und sagte: »Von Familie versteh ich nix. Also denn eben nicht. Aber wenn Sie sich das noch überlegen sollten: Ich wohn' eine Treppe tiefer.«

Der alten Frau Pieper aber wollte und wollte die Sache nicht aus dem Kopf. Heiligabend mal ganz anders. Da würden Bruno und Inge wohl staunen. Aber wie sollte man ihnen das erklären, ohne daß sie böse würden?

In der ersten Dezember-Woche paßte Frau Piepers Tochter Inge, die mit dem Grafiker und Kunstmaler Marcus Gröning verheiratet ist, eine günstige Gelegenheit ab, um ihrem Mann die berühmte Weihnachtsfrage zu stellen. Er war gerade dabei, eine seiner aussagestarken Collagen mit dem Titel ›Terror am Mohnblumenhimmel‹ einzurahmen, um sie mit einigen anderen seiner Werke noch rechtzeitig auf dem Weihnachtskunstmarkt ausstellen zu können.

»Wir müssen allmählich an Weihnachten denken«, sagte Inge, »und ob wir Mutter Heiligabend zu uns nehmen.«

Sichtlich ungern ließ sich Marcus aus seiner schöpferischen Arbeit reißen. »Geht das schon wieder los mit Weihnachten? Entsetzlich! Aber bitte: es ist *deine* Mutter. Was bleibt uns denn anderes übrig.«

»Irgendwo muß sie ja schließlich hin«, sagte Inge. »Für alte Menschen ist Heiligabend eben wirklich noch ein besonderer Abend. Und wehe! wir vergessen das. Dann sind wir für alle Zeiten untendurch.«

»Also gut«, sagte Marcus und seufzte tief auf. »Bring deiner Mutter aber bitte bei, Joanna nicht wieder ihre reaktionären Weihnachtsmärchen zu erzählen. Ich weiß, es ist nicht leicht für alte Leute, das einzusehen. Aber wir geben uns schließlich alle Mühe, Joanna von solchen Zwängen und falschen Autoritäten zu befreien. Und daran kann auch deine Mutter sich halten!«

In diesem Punkt war Inge sowieso einer Meinung mit ihrem Mann. Aber ihr kam da noch eine ganz andere rettende Idee: War nicht eigentlich ihr Bruder Bruno dran, Oma Heiligabend zu sich zu nehmen? Man könnte ihn ja anrufen ...

Aber davon wollte Marcus überhaupt nichts wissen. »Seit wir diese Auseinandersetzung auf Omas Geburtstag hatten, hat er sich ja auch nicht mehr gemeldet! Wir sind ja sowieso nur Anarchisten und linke Spinner für ihn! Sollen wir vielleicht noch hinter ihm hertelefonieren? Der hat es grade nötig, der Spießer!«

Eine ganz ähnliche Weihnachtsdebatte spielte sich um diese Zeit in Bruno Piepers Fertighaus ab.

»Was machen wir denn nun mit Oma am Heiligen Abend?«, fragte Bärbel. Bruno, schlecht gelaunt, wie immer, wenn er spätabends aus seinem Baubüro kam, brummte bloß: »Was soll'n wir schon machen? Einladen müssen wir sie. Glaubst doch wohl selbst nicht, daß wir einmal im Leben Heiligabend für uns sind!« Bärbel gab Bruno natürlich recht. Aber schließlich war es ja *seine* Mutter. Daß es für sie, Bärbel, nicht immer ganz einfach sei, mit ihr auszukommen, das wisse er ja wohl.

»Ausgerechnet Deine Mutter muß mir erzählen, daß es schon viel praktischere Geschirrspülmaschinen gibt. Dabei wäscht sie seit dreißig Jahren mit derselben Tassenbürste ab!«

»Also gut«, entschied Bruno, »lad sie ein. Aber am liebsten wäre es mir, wenn wir sie Heiligabend auch wieder nach Hause bringen könnten. Du weißt, daß am ersten Weihnachtstag Fischers kommen. Und ich kann keine geschäftlichen Dinge besprechen, wenn sie dabeisitzt und immer dazwischenfragt.«

»Dann darfst du aber auch nichts trinken, Heiligabend«, sagte Bärbel. »Oder sie muß eben mit der Taxe nach Haus fahren!«

Aber dann hatte Bruno eine noch bessere Idee: »Könnte doch sein, daß sie viel lieber wieder zu Inge und Marcus geht. Sollte man Inge nicht mal anrufen?«

Aber damit war Bärbel überhaupt nicht einverstanden. »Seit unserem Streit auf Omas Geburtstag haben die hier kein einziges Mal angerufen! Und ›neureiche Spießbürger‹ brauchen wir uns nicht noch einmal schimpfen zu lassen! Nur weil sie neidisch sind auf unser Haus! Die haben's grade nötig mit ihrem Kunstfimmel. Wo sie alle Leute anschnorren und sich Gott weiß wie vorkommen!«

Somit blieb die Besetzung des Heiligen Abends in der Familie Pieper vorerst ungeklärt.

Oma Pieper war morgens Käpt'n Lühmann im Treppenhaus begegnet. Ob sie sich's schon überlegt hätte? Fast ein wenig traurig schüttelte Frau Pieper den Kopf. Sie wollte Käpt'n Lühmann nicht erzählen, daß sie ziemlich ärgerlich war auf Inge und Bruno. Bis jetzt (14 Tage vor Weihnachten!) hatten sie nichts von sich hören lassen. Beinahe war sie soweit, selbst bei ihren Kindern anzurufen und zu sagen: »Tut mir leid, Heiligabend bin ich besetzt.« Aber man mußte ja auch bedenken, daß die jungen Leute so furchtbar viel zu tun haben, und grade vor Weihnachten. Auch, daß Frau Pieper heimlich schon wieder auf ihrem Klavier geübt hatte, brauchte sie Herrn Lühmann ja nicht grade auf die Nase zu binden. Wahrscheinlich hatte er's ja sowieso schon durch die Wände mitbekommen. Jedenfalls grinste er so unverschämt, als er fragte:

»Haben Sie nicht wenigstens 'n paar Weihnachtsteller für unsere Feier übrig? Können auch 'n paar Nüsse und Spekulatius drauf sein ...« Die Sache jedenfalls liefe ganz prima. Herr Kremer, der Imbiß-Kremer von der Mozartstraße, hätte versprochen, zwei Dosen Hamburger Knacker zu spendieren. Und jetzt hätten sie auch schon ein Schild gemalt und in der »Windigen Ecke« aufgehängt:

Heiligabend allein?
Onkel Karl lädt Euch ein!
Zur gemütlichen Weihnachtsfeier
mit Grog und Wein.
Eintritt frei. Verzehrbons beim Wirt.

Frau Pieper versprach Käpt'n Lühmann, zwanzig gefüllte Weihnachtsteller zu liefern. Endlich wußte sie, wofür sie die Pappdinger jedes Jahr aufbewahrt hatte. Inge hatte sie zwar immer damit aufgezogen – aber, siehst du wohl, jetzt wurden sie gebraucht!

Nachmittags rief endlich Inge an. Sie wolle bloß wegen Heiligabend fragen beziehungsweise, ob es richtig sei, daß Oma wieder zu Bruno gehe, sie hätte doch beim letzten Mal so was gesagt!

Frau Pieper konnte sich zwar überhaupt nicht erinnern, »so was« gesagt zu haben, aber im selben Moment mußte sie wieder an den verbotenen Weihnachtsmann denken, und daß die kleine Joanna um Gottes willen keine künstlich gefärbten Schokoladenkringel essen dürfe – und da sagte sie ganz einfach: »Ja, Inge, ich bin bei Bruno Heiligabend.«

»So, so«, sagte Inge. »Er ruft ja nicht mehr bei uns an seit damals.«

»Ach, Kinder!«, sagte Frau Pieper. »Ihr müßt euch doch wieder vertragen.«

Inge wünschte ein fröhliches Weihnachtsfest. Und sie würden dann wohl zwischen Weihnachten und Neujahr mal vorbeischauen.

Am selben Abend rief auch Bruno an. Er wolle bloß mal wegen Heiligabend fragen beziehungsweise: »Das ist doch richtig, daß du zu Inge gehst? Ich meine, du hättest so was gesagt beim letzten Mal.«

Das war der Augenblick, wo bei der alten Frau Pieper das Kleingeld fiel, wie sie immer sagte. So also war das! Nee! Das wußte sie zufällig genau, daß sie von Inge und Marcus nichts gesagt hatte. Und so vergeßlich war sie nun auch wieder nicht! Etwas tat weh da drinnen, aber gleichzeitig tat es auch gut. Frau Pieper hörte sich fragen: »Sprecht ihr eigentlich wirklich nicht mehr miteinander, Bruno?«

»Nein, Oma«, war die Antwort.

»Ganz bestimmt nicht, Bruno?«

»Wieso? Soll ich vielleicht wieder anfangen – als Kapitalist und neureicher Spießer?«

»Müßt ihr ja wissen«, sagte Frau Pieper. Und dann mit sehr freundlicher Stimme: »Ja! Ich bin bei Inge und Marcus Heiligabend.« Und hängte ein.

Gleich danach ging sie runter zu Käpt'n Lühmann.

»Ich mach mit, Herr Lühmann!«

»Das müssen wir begießen!«, sagte Herr Lühmann und schenkte zwei reichliche Klare ein. Er fragte nicht, wieso und warum. Er sagte nur: »Sie sind in Ordnung, Frau Pieper! Man muß immer dahin gehen, wo man gebraucht wird.«

Der Klare kratzte viel mehr als Oma Piepers eigene Marke. Als sie die Treppe wieder raufging, sagte sie zu sich: »Komisch. Ich freu mich direkt mal auf Weihnachten ...«

Der 24. Dezember war natürlich wieder schneller da, als es je ein Mensch ahnen konnte. Am Morgen sagte Inge zu Marcus: »Eigentlich finde ich es doch merkwürdig, daß Oma ohne jede Rückfrage zu Bruno geht. Aber wahrscheinlich gefällt's ihr da besser. Wo Bruno doch immer noch den Weihnachtsmann mit der Rute macht! Und dann singen sie alle ›Ein Roß ist entlaufen‹ und Oma spielt ›O, Tannenbaum‹. Das gefällt ihr. Kann man nix machen. Aber irgendwie tut sie mir leid.«

Bruno Pieper dagegen sagte zu Bärbel, er ärgere sich nun doch darüber, daß Oma zum zweitenmal Heiligabend zu Inge geht. »Die verstehen es einfach, ihr was vorzumachen mit ihrer ›Künstler-Weihnacht‹ und ihren selbstgebastelten Geschenken. Vielleicht sitzen sie da und hören sich Omas

Klavierspiel als naive Kunst an. Kann man nix machen. Aber irgendwie tut sie mir leid.«

Am Nachmittag des Heiligen Abends kam dann die große Überraschung. Inge wollte aus der Stadt noch ein Buch für Marcus abholen. Bärbel mußte in der Nähe ein Paket abgeben. Was kommen mußte, kam: Plötzlich standen Schwägerin und Schwägerin einander gegenüber ohne die geringste Chance, aneinander vorbeiblicken zu können. Man lächelte freundlich-frostig, man wünschte sich fröhliche Weihnachten, und Inge bemerkte sogar doppelsinnig: »Scheint wohl doch was dran zu sein mit ›Friede auf Erden‹.« Fast hätte Bärbel gesagt: Sieht man sich im Neuen Jahr? Aber da fiel ihr noch rechtzeitig Bruno ein. Und so sagte sie nur: »Also dann – grüß Oma schön von uns!«

»Aber – die ist doch bei Euch!«

Da war es passiert! Inge begriff überhaupt nichts mehr.

»Habt ihr sie etwa wieder ausgeladen?«

»Erlaube mal! Habt *ihr* sie wieder ausgeladen?!«

Verflixt noch einmal! Was hatte das zu bedeuten? Wohin geht sie heute Abend – am Heiligen Abend?!

In der »Windigen Ecke« war Windstärke 12, wie Käpt'n Lühmann sagte. Junge, Junge – das hatte selbst er nicht gedacht, daß so viele zu seiner Feier kommen würden. Und wie sie alle in Stimmung waren! Die alte Frau Pieper haute in die Tasten, daß das Klavier nur so wackelte. Und jetzt wollten die auch noch tanzen!!

Ja, Oma Pieper! Am Morgen, als sie aufwachte, hatte sie sich vor sich selber erschrocken. Heute ist Heiligabend, dachte sie. Und ich? Ich geh' in die Kneipe! Was wohl Krischan dazu gesagt hätte? Und Bruno und Inge! Regelrecht angelogen hab ich sie! Sie kam sich richtig schlecht vor.

Ein Glück, daß soviel zu erledigen war: die bunten Teller fertigmachen, Tannenzweige auseinanderrupfen, Kerzen befestigen, Servietten falten, sich festlich anziehen ... Aber wenn in diesen Stunden Bruno oder Inge angerufen hätten: wer weiß, ob sie standhaft geblieben wäre.

Um vier Uhr nachmittags, als Käpt'n Lühmann sie abholte, hatte sie immer noch das Gefühl, was Schlimmes auszufressen. Käpt'n Lühmann fragte: »Alles klar?«

»Ei, Ei, Sör!«, sagte Frau Pieper. Aber der zakkige Gruß kam ziemlich kläglich.

Bis gegen sechs Uhr hatte man dann damit zu tun, die Tische zu decken, die Teller zu verteilen, Onkel Karl beim Kaffeekochen zu helfen. Karl, der Dicke, war überhaupt nicht wiederzuerkennen. Im blauen Anzug hatte den noch nie ein Mensch gesehen. Dankbar nahm Frau Pieper die beiden Edelkirsch an, die Onkel Karl schon mal ausgab. So wurde ihr allmählich besser.

Und dann – kurz nach sechs – ging's los. Bis dahin wußten sie ja immer noch nicht, wer überhaupt kommen würde. Das war auch Käpt'n Lühmanns größte Sorge gewesen. Klar, er war umhergelaufen und hatte in der ganzen Straße Reklame gemacht. Aber kann man sich auf alte Leute verlassen? Nun aber strömte es nur so. Bis halb sieben waren schon 14 Weihnachtsgäste da. Unter ihnen eine ganze Menge Leute, die Frau Pieper kannte. Der 90jährige Vater vom Drogisten unten im Haus. Wieso der nicht mit der Familie feierte? Und dann Herr Mühlbauer, der Meckerpott aus dem Erdgeschoß, der immer schon um sechs die Haustür abschloß. Herr Meisenkremer, der Polizist – er war ja dieses Jahr geschieden worden, und neulich hatten sie ihm den Führerschein abgenommen. Und dann natürlich »Lady Elsbeth« – das heißt: Frau Elsbeth Diepmann, die sie alle »die verrückte Schauspielerin« nannten: Im Sommer kam sie immer in den Supermarkt im Flatterkleid und auf hohen Hacken und deklamierte vor sich hin. Und Herr Krohn mit seiner Frau, die Untermieter von der Tankstelle, und noch dieser und jener, die Frau Pieper zumindest vom Ansehen kannte.

Und plötzlich hatte sie ihr schlechtes Gewissen vergessen. Richtig geehrt fühlte sie sich, daß die meisten zu ihr kamen, um ihr die Hand zu drücken. Käpt'n Lühmann hatte wohl erzählt, sie gehöre zu den Veranstaltern. So ein Schelm war der!

Dann kam der Kaffee! Dann kamen die Würstchen! Alles redete durcheinander. Onkel Karl ließ den Wein auffahren. Und nun riefen sie schon: »Oma Pieper! Musik!« Da gab Käpt'n Lühmann das Zeichen für das erste Weihnachtslied. Zuerst griff Frau Pieper vor lauter Aufregung mächtig daneben. Aber die Gäste sangen auch nicht so besonders richtig – und so fiel das gar nicht auf.

Käpt'n Lühmann schlug an sein Glas, stand auf und hielt eine Rede. Frau Pieper konnte gar nicht alles behalten, es schwirrte ihr der Kopf nur so, sie nippte an ihrem Wein und mußte immerzu kichern. Irgendwas sagte Käpt'n Lühmann vom Meer des Lebens, und daß alte Leute wie auf einer Insel leben, und die Schiffe fahren vorbei und tuten bloß, aber keiner von den Matrosen kommt rüber, um sich um die Schiffbrüchigen zu kümmern. Ganz schönen Blödsinn redet der, dachte Frau Pieper, aber es war ungeheuer nett gemeint. Und dann zum Schluß, sagte Käpt'n Lühmann, er danke allen, die mitgeholfen haben, und besonders Frau Adele Pieper, die sich so eingesetzt habe und so wunderbar Klavier spiele.

Alle klatschten, Frau Pieper mußte aufstehen. Sagen konnte sie gar nichts, sie hob nur ihr Glas und trank es auf einen Zug aus. Dann wollten sie wieder Musik hören – und Oma Pieper spielte so schön wie noch nie in ihrem Leben. Alle sangen mit – bis auf Herrn Kakerbeck von der Fahrschule, der schon besoffen war und mitten in die Weihnachtslieder »Gewehr über! Rührt Euch!« schrie. Aber Frau Pieper störte das nicht. Sie schwebte wie auf Wolken.

Doch dann – mitten in ›O, Tannenbaum‹ – ging die Tür auf. Ein kalter Windstoß blies herein. Ein Mann und eine Frau standen in der Kneipentür und schlugen sich die Schneeflocken vom Mantel.

Oma Pieper sah Käpt'n Lühmann an und flüsterte: »O, Gott ...!«

Aufgeregt waren Bärbel und Inge nach Hause geeilt, um die Botschaft von der verschwundenen Oma zu verkünden. Und wieder einmal glichen sich die Bilder:

Im Eigenheim sagte Bruno: »Siehst du wohl! Das kommt dabei heraus, wenn du mir meine Mutter vergraulst! Warum soll sie auch nicht dabei sein, wenn Fischers kommen!?« Schon war der Krach da.

Im Künstleratelier hingegen war Inge den Tränen nahe: »Nur weil sie dem Kind ganz harmlos vom Weihnachtsmann erzählt, darf sie nicht zu uns. Du immer mit deinem Antiweihnachtsfimmel!! Und sie ist *meine* Mutter! Merk dir das!«

Die Bescherungen, traditionell unterm brennenden Weihnachtsbaum bei den Piepers, modern unterm hölzernen Hirtenstern bei den Grönings, verliefen in gedrückter Stimmung. Um sechs Uhr abends hatte Bruno bei Omas anderen Nachbarn, den Massmanns, angerufen. Die sagten ihm, daß vor ihm schon seine Schwester angefragt hätte. »Und Frau Pieper, Ihre Mutter, ja die ist doch in die Kneipe gegangen. Weihnachtsfeier für einsame Menschen!«

Mein Gott – Bruno fühlte richtig, wie das schlechte Gewissen in ihm hochstieg. Sie feierten hier mit ›O-du-fröhliche‹ in trauter Familie, und die eigene Mutter saß in der Kneipe und weinte. Um acht hielt er es nicht mehr aus. Er rief Inge an: »Komm, Inge! Wir müssen mal nach ihr sehen. Bärbel bleibt zu Hause bei dem Jungen.« Fast gleichzeitig trafen sie Ecke Mozart- und Meyerbeer-Straße vor der »Windigen Ecke« ein. Es hatte zu schneien begonnen. Bruder und Schwester begrüßten sich höflich-reserviert, wie sie es sich vorgenommen hatten. Nicht daß einer vom andern glaubte, nur wegen Weihnachten oder wegen der verschwundenen Oma sei alles vergessen! Doch als Bruno vor der »Windigen Ecke« den Schnee von dem Schild streifte, das oben an der Treppe stand, und beide lasen:

»Heiligabend allein?
Onkel Karl lädt euch ein!«

konnte Inge nicht mehr anders: Sie ergriff Brunos Arm:

»Komm! Wir müssen sie hier rausholen!«

Irgendwie mußten die beiden sich wohl vorgestellt haben, ein Bild des Jammers würde sich ihnen darbieten: still vor sich hin wimmernde alte Menschen, betrunkene Elendsgestalten, einsam und hoffnungslos. Eines hatten sie jedenfalls nicht erwartet: diese ausgelassene Weihnachtsstimmung zu durchaus rhythmischen ›O, Tannenbaum‹-Klängen. Kaum waren sie eingetreten, wurden sie von einem freundlichen alten Seemann empfangen, Käpt'n Lühmann. Er führte sie an einen Tisch und sagte: »Also sowas Nettes! Ich weiß Bescheid! Frau Pieper hat mir gesagt, wer Sie sind. Jetzt müssen Sie aber erst mal etwas zu sich nehmen!«

Eine merkwürdige Geschwätzigkeit hatte den einsilbigen Seebären überfallen. Er wollte Kaffee, Stollen, Würstchen, Kirsch und Wein auf einmal anfahren lassen. Und Inge mußte ihn anflehen, ihr zu glauben, daß sie wirklich nichts mehr essen könne.

»Aber Likör und Wein müssen sein!«

»Da kann man ja nicht nein sagen«, sagte Bruno.

»Auf Ihre Frau Mutter! Spielt sie nicht wunderbar? Und die bunten Teller sind auch von ihr. Können Sie stolz drauf sein, sag' ich ...«

Andere Gäste kamen herbei und betrachteten neugierig und abschätzend die Eindringlinge. »Oma Piepers Kinder«, erklärte Käpt'n Lühmann wichtig.« Und leise zu Ex-Schutzmann Meisenkremer: »Wenn die glauben, sie können uns die Musik wegholen ...!«

Frau Pieper hatte es für richtig gehalten, nach ›O Tannenbaum‹ noch ›White Christmas‹ und ›Ihr Kinderlein kommet‹ zu spielen – ohne sich bei diesem Titel etwas zu denken. Sie wollte nur Zeit gewinnen, um mit ihren Gedanken und Gefühlen fertig zu werden. Zuerst hatte sie sich furchtbar erschrocken. Das schlechte Gewissen. Du hast sie angelogen, Frau Pieper! Aber dann kam noch etwas viel Schlimmeres: Frau Pieper fühlte so was wie Stolz und Rührung. Mein Gott, die beiden hatten sie gesucht, den ganzen Heiligen Abend. So sehr hatten sie sie also vermißt. Hatten sich gewiß schreckliche Sorgen gemacht! Heiligabend ohne ihre Mutter – das hatten sie eben doch nicht ausgehalten. Und sie hatte ihnen Unrecht getan und sich so einfach aus Egoismus ihrem eigenen Vergnügen in die Arme geworfen. Dann kamen ihr die Kinder in den Sinn: Oliver und Joanna. Die hatten natürlich nach Oma gefragt. Aber diese Oma war eine selbstsüchtige, mimosenhafte Person. Weil sie sich nicht anpassen wollte. Weil sie kein Verständnis für die jungen Leute und die neue Zeit hatte!

›Ihr Kinderlein kommet‹, sang Frau Pieper, während ihr das alles durch den Kopf ging. Und dabei haute sie in die Tasten, als sollte es ein Boogie-Woogie werden.

»Jetzt wollen sie mich bestimmt nach Hause holen. Und dann feiern wir alle zusammen bei mir oder Bruno oder irgendwo ...«

Frau Pieper brach ihr Spiel ab, sah die Tische entlang, wo wieder alles durcheinanderredete, als sei nichts geschehen, und ging festen Schrittes auf Bruno und Inge zu.

»Mutter!«, sagte Inge. »Warum hast du nichts gesagt? Wie haben wir dich gesucht!!«

Und Bruno legte seinen Arm um ihre Schulter: »Wußte gar nicht, daß du noch so gut spielen kannst ...«

»Ach«, sagte Frau Pieper, »ich dachte eben, die brauchen mich hier und ...«

»Ist ja in Ordnung«, sagte Bruno. »Aber jetzt kommst du mit zu uns, Mutter! Es ist ja noch gar nicht so spät ...«

Doch ehe Frau Pieper, die nun völlig durcheinander und hilflos Herrn Lühmann ansah, antworten konnte, hörte sie Inge sagen: »Wieso denn zu Euch? *Ich* habe doch zuerst angerufen. Du kommst natürlich zu uns, Mutter. Joanna wartet auf dich ...«

Mit einem Schlage sah Frau Pieper wieder klar. Käpt'n Lühmann wollte eingreifen. »Sie wollen uns unsere Kapelle ...«

Aber die alte Frau Pieper unterbrach ihn: »Keine Angst, Herr Lühmann.« Und zu Inge und Bruno: »Sehr lieb von Euch. Aber es ist ein bißchen zu spät.« Sie wunderte sich selbst über den Doppelsinn ihrer Worte. »Ihr seht doch, daß ich hier nicht wegkann. Aber Euch vermissen sie zu Haus. Ruft mich morgen einfach an. Ich möchte ja auch meine Geschenke loswerden.«

Inge war so überrumpelt, daß sie anfangen wollte zu schimpfen: »Du kannst doch nicht einfach so verschwinden, Mutter. Und an uns denkst du wohl gar nicht . . .!«

Frau Pieper erhob ihren Edelkirsch (mein Gott, dachte sie, ich trink' alles durcheinander), prostete Bruno und Inge zu, die folgsam ihre Gläser hoben, und sagte: »Prost, ihr Lieben! Und jetzt nach Hause mit Euch! Hier bei uns Alten stört ihr bloß. Verstanden?« Und so komisch-böse sie konnte: »Keine Widerrede!«

Inge und Bruno hatten plötzlich wirklich das Gefühl, nicht recht angebracht zu sein. Wie die alten Leute sie alle anguckten?

»Musik!« rief Meckerpott Mühlbauer aus seiner Ecke und noch einige andere fingen an zu murren.

»Fröhliche Weihnachten, Mutti. Vielen Dank, Herr Lühmann. Schönen Abend allerseits.« Und draußen waren sie.

»So sind die Alten!«, sagte Inge. »Man macht sich Gedanken, man hetzt sich ab. Aber wenn sie nicht wollen, dann wollen sie nicht.«

»Grüß Marcus«, sagte Bruno. Inge konnte es gar nicht fassen: Er küßte sie auf die Stirn – und ging zu seinem Auto.

In der »Windigen Ecke« aber tanzte Käpt'n

Lühmann mit Oma Pieper »Freistil«. Onkel Karl hatte ausnahmsweise die Musik-Box genehmigt und ›All you need is Love‹ gedrückt, von den Beatles.

Und ich habe heute ein Bäumchen gepflanzt

Der Mann:
Sie haben Raketen aufgestellt,
keine Maus, keinen Sperling zu schonen.
Sie planen da Schreckliches mit dieser Welt.
Tote zählen sie nur nach Millionen.

Die Frau:
Und ich habe heute ein Bäumchen gepflanzt.
Hab's begossen. Und bin drumherum
getanzt.
Ich denke mir, wißt Ihr, eben:
Ich will noch ein bißchen leben.

Der Mann:
Sie sagen, sie schaffen die Waffen an,
damit sie sie abschaffen können.
Es beginnt so banal, wie es immer begann.
Und so wenige, die es erkennen.

Die Frau:
Und ich hab mich heute noch einmal verliebt.
Hab gesungen und auf der Gitarre geübt.
Ich denke mir, wißt Ihr, eben:
Ich will noch ein bißchen leben!

Der Mann:
Sie sorgen sich um unsre Sicherheit.
Und der Friede, er wird schon gelingen.
Hauptsache, wir sind im Ernstfall bereit,
was da kreucht, alles umzubringen.

Die Frau:
Und ich habe heut' Margeriten gepflückt.
Hab noch einmal mein Zimmer mit Blumen
geschmückt.
Vielleicht, so hoffe ich eben,
werd ich sie noch überleben.

Das Spielzeug

Das war in der Zeit, in der das Leben für einen kleinen Jungen von fünf Jahren sowieso recht merkwürdig verlief. Immer war die Mutter irgendwie in Sorge: daß der Vater nicht wiederkäme, daß sie nicht genug zu essen hätten, daß die Kohlen nicht reichten. Und nachts – fast jede Nacht dieses Theater mit dem sogenannten Alarm. Wenn man abends ins Bett ging, durfte man sich nicht ausziehen. Im Gegenteil: Vollständig angezogen mußte man sich aufs Bett legen. Und wenn man gerade im tiefsten Schlaf war, wurde man gerüttelt und gerufen: »Schnell, wir müssen in den Keller!«

Aber so war es nun mal, das Leben. Man hatte ja nichts anderes kennengelernt.

Und die Sache mit dem Spielzeug? Ja, natürlich hatte der Junge gestern ein großes Holzflugzeug bekommen. Das war doch die größte Sensation in seinem bisherigen Leben!

»Schlag mal die Wolldecke zurück«, hatte ihm die Mutter am vorigen Abend geraten. Er tat es – und konnte sein Glück zuerst gar nicht begreifen:

Ein Flugzeug! Ein großes Flugzeug mit schwarz-weiß-roten Hoheits-Zeichen. Mit großen Holz-Propellern. Mit drei Rädern! Ein Flugzeug

– halb so groß wie er selbst. Ein Flugzeug mit großen grünen Tragflächen!

Der Junge nahm es, hielt es über den Kopf und lief damit durch die Stube. Dann umarmte er seine Mutter.

»Du darfst aber nur hier drinnen damit spielen«, sagte sie.

Der Junge holte sich ein paar Bauklötze, hielt sie unter das Flugzeug, lief dann wieder mit dem Flugzeug über dem Kopf durchs Zimmer und ließ nacheinander die Bauklötze fallen – als kämen sie aus dem Rumpf des Flugzeuges.

»Das sind die Bomben!« lachte er.

Und wie einen Teddy-Bär hielt er das Flugzeug im Arm, als er an diesem Abend einschlief, selig wie lange nicht.

Mitten in der Nacht aber wurde er von einem Geräusch wach, das aus der Küche kam. Er erkannte die Stimme seiner Mutter und die Stimme der Nachbarin. Es war jene Nachbarin, die immer herüberkam, um sich Mehl auszuborgen oder zwei Briketts. Ewald, der Sohn der Nachbarin, war der Freund des Jungen. Ihm wollte er gleich am nächsten Tag von der Sensation erzählen: Ein Flugzeug hab' ich, ein Flugzeug ...!

Die Frauen in der Küche flüsterten und wurden wieder laut. Irgend etwas Aufregendes mußte da geschehen sein ...

Wie aufregend es wirklich war, konnte der Junge erst viele Jahre später verstehen. Wie hätte er damals auch begreifen sollen, daß es lebensgefährlich sein konnte, wenn eine deutsche Frau bei einem Kriegsgefangenen für Brot ein Spielzeug einhandelt. Genau diese vaterlandsverräterische Tat aber hatten die beiden Frauen begangen.

Im früheren Clubheim des Sportplatzes gegenüber waren russische Kriegsgefangene untergebracht. Sie wurden zu Aufräumungsarbeiten eingesetzt. Es ging ihnen nicht gut, diesen gefangenen Feinden ... Und plötzlich gab es für die Frauen in der Straße eine Möglichkeit, doppelt Gutes zu tun. Spielzeug war doch ein Fremdwort. Wenn man aber ein Brot erübrigen konnte und es einem dieser armen Teufel zusteckte, erhielt man dafür ein Spielzeug für sein Kind. Nur erwischen lassen durfte man sich nicht.

Die beiden Frauen aber hatten jetzt furchtbare Angst.

»Irgend jemand hat uns angezeigt«, berichtete die Nachbarin. »Ich wollte meinem Jungen den Lastwagen erst Heiligabend geben. Jetzt hab ich ihn verbrannt. Aber die kommen bestimmt auch zu dir!«

Das alles, wie gesagt, hätte der Junge nicht verstehen können. Er erlebte nur, wie plötzlich seine Mutter an seinem Bett stand und ihn weckte:

»Mein Liebling«, sagte sie und setzte sich auf die Bettkante, »du mußt jetzt ganz stark sein. Ich kann es dir nicht erklären. Du wirst es erst später verstehen, wenn du groß bist: Ich muß dir dein Flugzeug wieder wegnehmen. Und du darfst niemandem ein Wort davon erzählen.«

Der Junge war viel zu verschlafen, um jetzt loszuweinen und Krach zu schlagen. Er drehte sich auf die Seite und schlief wieder ein. Aber am Morgen, als er erwachte – war sein Flugzeug weg. Und da ging es los: Tränen und Geschrei! Er wollte nichts hören von Tapferkeit und »deiner Mutter zuliebe« – und daß er später ein viel größeres Flugzeug bekäme, wenn der Vater aus dem Krieg zurück sei usw. usw. – Er wollte sein Flugzeug wiederhaben! Er klagte die ganze Welt an wegen dieser ungeheuren Ungerechtigkeit.

Dann klingelte es. Und dieser fremde Mann stand im Zimmer. Die Mutter wollte den Jungen ins Schlafzimmer schicken, aber der Mann griff sich den Jungen.

»Lassen Sie doch das Kind in Ruhe!« sagte die Mutter.

Aber der fremde Mann lächelte gefährlich. Es war etwas Lauerndes in seinen Augen. Der Mann trug einen grauen Mantel, auf dem ein Abzeichen zu sehen war.

Er legte die Hand auf die Schulter des Jungen. In gütigem Tonfall fragte er:

»Hast du ein Spielzeug bekommen – gestern oder heute? Einen Lastwagen oder ein Flugzeug?

Ist doch nichts dabei. Du kannst es mir doch sagen!«

»Sie haben nicht das Recht, ein Kind zu verhören!« sagte die Mutter.

»Welches Recht ich habe oder nicht, das müssen Sie schon mir überlassen«, sagte der Mann.

»Also, mein Junge, sag die Wahrheit! Du weißt doch: Ein deutscher Junge lügt nicht.«

»Ich habe ...« Der Junge stockte. Noch nie hatte er das Gesicht seiner Mutter so gesehen. Nichts als Angst sprach aus ihren Blicken. »Sag es nicht«, baten ihre Augen. »Um Gottes willen, sag es nicht!«

»Also«, sagte er, »du kannst es dem Onkel doch sagen. Hast du ein schönes Flugzeug bekommen? Willst du es mir zeigen?«

»Ich habe – ich habe überhaupt nichts bekommen«, sagte der Junge, riß sich los und lief aus dem Zimmer.

Dieser Junge ist heute 49 Jahre alt.

Manchmal erinnert er sich noch daran, wie seine Mutter ihn damals weinend umarmt hatte, als der fremde Mann wieder gegangen war. Und vor ein paar Tagen – als der inzwischen 44 Jahre ältere Junge für seinen Neffen ein Fernlenkflugzeug zu Weihnachten kaufte – so eines mit 500 Meter Reichweite, elektronischer Steuerung, echtem Benzin-Motor –, da sah er plötzlich das große, grüne Flugzeug wieder vor sich, auf seinem Bett unter der Wolldecke, mit den großen Tragflächen und den Holzpropellern.

Weihnachtsgrüße

Aufgeschnappte Dialoge zwischen Mutter und Vater im vorweihnachtlichen Haushalt:

»Vera, hast Du Tante Herta schon eine Weihnachtskarte geschrieben?«

»Nee, muß ich das?«

»Willst Du, daß sie Weihnachten hier bei uns auftaucht? Wenn sie keine Karte kriegt, denkt sie, wir rechnen mit ihr.«

»Hast Du Onkel Gerd geschrieben?«

»Mit dem reden wir doch sowieso nicht mehr.«

»Aber Weihnachten mußt Du einen knappen Gruß schreiben. Sonst freut er sich, daß wir uns noch immer über ihn ärgern.«

»Hier, lies mal, Christina schreibt: ›Ich wünsch Euch diesmal ein friedliches Weihnachtsfest.‹ Diesmal!«

»Dumme Ziege. Soll sich um ihre eigenen Angelegenheiten kümmern.«

»Ach nee, mein lieber Bruder schickt 'ne Weihnachtskarte, ich bin gerührt.«

»Paß bloß auf, der will dich wieder anpumpen.«

»Herbert, wer ist Susanne?«

»Susanne? Ich kenn' keine Susanne.«

»›Fröhliche Weihnachten für Dich und Deine Frau im trauten Familienkreise wünscht Deine Susanne W.‹«

Vater: (leise für sich) »Miststück!«

»Eine Karte von unserer Tochter: ›Liebe Eltern, zu Weihnachten die allerliebsten Wünsche, alles Gute, Gesundheit und . . .‹«

»Schon verstanden. Wir sind nicht erwünscht.«

Familienglück

Oh, Mann, das wäre ja fast schief gegangen. Eine Woche Elkes Mutter im Haus. Zweimal ist Manfred in die Kneipe gelaufen. Elke hat mitten in der Nacht geheult: »Ich halt' das nicht mehr aus. Ich halt' das nicht mehr aus!« Aber sonst: keine besonderen Vorkommnisse. Als Elkes Mutter Heiligabend nachmittags mit zwei Koffern aus Herne ankam, war noch Jubel und Umarmung. Obwohl: Manfred und Elke hatten sie auf dem falschen Gleis erwartet, so daß Mutter zehn Minuten allein auf ihrem Bahnsteig stand. »Ich dachte schon, ihr holt mich nicht mal ab«, war ihre Begrüßung.

Bis Heiligabend ging alles glatt. Wenn man von dem Disput in der Küche zwischen Mutter und Elke absieht.

»Zur Gans gehört Rotkohl!« gab Mutter bekannt.

»Wir mögen aber lieber Grünkohl«, antwortete Elke sehr beherrscht.

»Grünkohl gehört nicht zur Gans. Das tust du nur wegen Manfred.«

Manfred aber zeigte sich von seiner besten Seite. Er ließ sich nicht einmal etwas anmerken, als Mutter sagte: »Daß eure Gardinen so gelb sind, liegt nur daran, daß Manfred in der Stube raucht.«

Auch der kleine Zwischenfall mit der Kristallschale wurde überwunden. Sie war ein Geschenk Mutters.

»Echt Bleikristall. Mögt ihr die auch leiden?«

»Toll! Ganz entzückend«, log Elke.

»Die gehört in den Glasschrank, damit man sie immer sieht.«

Als Elke nicht gleich zustimmte, hieß es: »Ihr mögt sie also nicht leiden. Hat ja auch nur 200 Mark gekostet.«

Manfred goß sich schnell einen doppelten Kognak ein und streichelte heimlich seine Frau.

»Noch drei Tage, dann haben wir es geschafft«, flüsterte Elke. Mutter wollte bis Neujahr bleiben.

Einmal sagte sie: »Wenn ich euch im Wege bin, braucht ihr es nur zu sagen. Dann fahr' ich eben wieder nach Haus und bleib allein. Das bin ich ja gewohnt.«

»Um Himmels willen, Muttchen,« riefen Manfred und Elke entrüstet aus.

Den ersten Schlagabtausch gab es dann bei ›Sissi‹ im Fernsehen. Manfred konnte sich nicht beherrschen. »Typischer Schwachsinn für alte Weiber«, entfuhr es ihm. Na, da hatte er aber zu tun, wieder gut Wetter zu machen. Zur Strafe hat er sich den ganzen ersten Teil von ›Sissi‹ ansehen müssen.

Eine böse Klippe war auch das Aufstehen. Elke und Manfred freuten sich aufs Ausschlafen. Mutter klapperte schon um halb acht mit den Tassen in der Küche.

»Sie klappert richtig vorwurfsvoll«, zischte Elke im Bett und bebte vor Wut.

»Abends nicht so lange fernsehen!« empfing Mutter die beiden am Frühstückstisch.

Aber sie hatten sich nun mal vorgenommen, bis zum Ende friedlich zu bleiben. So überstanden sie auch die Sache mit dem Sessel vor der Tür. Mutter war äußerst beunruhigt, daß die Kinder nicht einmal einen Riegel vor der Haustür hatten und stellte abends den Sessel vor die Tür – gegen die Einbrecher.

Silvester vormittag sauste Manfred ab in die nächste Kneipe. Er hatte mitgehört, wie Mutter in der Küche sagte: »Darum habt ihr auch noch keine Kinder. Er trinkt zuviel, dein Mann. Darum habt ihr auch noch keine Kinder. Das geht auf die Potenz.«

Irgendwie wurde sogar die Silvesterknallerei überstanden. Manfred verbrannte sich den Finger beim Anzünden einer Rakete. Das tat weh. Aber Mutters Kommentar: »Ich hab doch gleich gesagt, paß besser auf«, tat noch viel weher. Aber wie gesagt, keine besonderen Vorkommnisse.

Neujahr fuhr Mutter wieder ab nach Herne. Elke und Manfred umarmten sie auf dem Bahnsteig. »Vielen Dank, daß du da warst! Waren schöne Feiertage mit dir.«

Als der Zug abfuhr, kam es von Elke und Manfred gleichzeitig: »Gott sei Dank, das wäre überstanden.«

Mutter in Herne berichtete ihrer Nachbarin, Frau Neumann: »War wunderschön bei meinen Kindern. Sie haben sich ja so gefreut, daß ich da war. Aber ehrlich gesagt: Länger hätte ich es auch nicht mehr ausgehalten.«

Es geht unaufhaltsam voran

I

Wenn man bedenkt: im Jahre Null,
da war der Mensch noch sehr gemein.
Sie logen sich noch die Hucke voll.
Und schlugen die Köpfe sich ein.

Doch als das Jahr zu Ende war,
da sahn die Leute sich an.
Und versprachen sich: Aber im nächsten Jahr!
Es geht unaufhaltsam voran!

II

Und nach dem Jahr Null, da kam das Jahr eins.
Da gab es noch Unrecht und Not.
Und viele verwechselten meins und deins.
Der Mensch schlug den Menschen noch tot.

Doch als das Jahr zu Ende war,
da sahn die Leute sich an.
Und versprachen sich: Aber im nächsten Jahr!
Es geht unaufhaltsam voran!

III

Und nach dem Jahr eins, da kam das Jahr zwei.
Doch es klappte noch immer nicht so.
Die Lügner logen und lachten dabei.
Der Mensch war noch immer sehr roh.

Doch als das Jahr zu Ende war,
da sahn die Leute sich an.
Und versprachen sich: Aber im nächsten Jahr!
Es geht unaufhaltsam voran!

IV

Und nach dem Jahr drei, da kam das Jahr vier.
Da kämpften sie mit großem Mut.
Die einen dagegen, die andern dafür.
Es gab noch viel Tränen und Blut.

Doch als das Jahr zu Ende war,
da sahn die Leute sich an.
Und versprachen sich: Aber im nächsten Jahr!
Es geht unaufhaltsam voran!

V

Nach dem Jahr vier kam das fünfte Jahr.
Da gab es noch Rachsucht und Streit.
Man schlug sich noch tot, doch man sagte: Naja,
das ist eine Übergangszeit.

Doch als das Jahr zu Ende war,
da sahn die Leute sich an.
Und versprachen sich: Aber im nächsten Jahr!
Es geht unaufhaltsam voran!

VI

Und so kam Jahr um Jahr um Jahr.
Auch dieses Jahr geht mal vorbei.

Und obwohl es schon unheimlich fortschrittlich war,
schlug der Mensch noch den Menschen entzwei.

Doch weil das Jahr zu Ende ist,
da sehn die Leute sich an.
Und versprechen sich: Aber im nächsten gewiß:
Es geht unaufhaltsam voran.

Denn wenn man bedenkt: im Jahre Null,
da war der Mensch noch sehr gemein ...

Silvester bei Wolfgang

Wolfgang sitzt allein zu Haus am Tisch und blättert in seinem Adressenverzeichnis: »Wenn ich Herbert und Elke einlade, kann ich natürlich Bärbel nicht einladen. Verdammt – und gerade Bärbel wäre so wichtig für die Stimmung.«

Vor einem Jahr auf der Silvesterparty von Karl-Heinz und Erika hatten sie ihn verdonnert: »Die nächste Silvesterparty findet bei dir statt.«

»Na klar«, hatte Wolfgang sofort gesagt, »bei mir als geschiedenem Vater gibt's ja auch keine Probleme.«

Vor drei Wochen hatte Elke, seine Schwägerin, auf den Busch geklopft: »Silvester geht doch in Ordnung?«

»Selbstredend. Ist doch abgemacht.«

Und vorgestern rief Bärbel an.

»Silvester bei dir? Oder?«

»Ja, ja. Ist doch beschlossen.«

Verdammt – was soll er denn jetzt machen? Warum muß sein Bruder Herbert denn auch ausgerechnet was mit Bärbel anfangen? Und wenn schon – warum ist er so blöd, daß Elke das rauskriegt?! Also – wen soll er nun ausladen? Bärbel? Dann heißt es doch wieder: Spießer! Der Bruder geht wohl vor. Und wenn er Herbert und Elke auslädt ... Am besten wäre ja, er könnte Elke ausladen – aber das kann man wohl nicht machen ... Ist das ein Mist! Ja, verflixt, dann sollen sie eben alle drei zu Hause bleiben!

Wolfgang blättert weiter in seinem Verzeichnis: Günther und Susanne. – Ein tiefer Seufzer entringt sich seiner Brust. Fünfzehn Jahre waren sie seine besten Freunde. Und jetzt? Vor sechs Wochen ist Günther von zu Hause ausgezogen. Midlife-crisis oder weiß der Teufel! Haust jetzt in einer Kellerbude wie in der Studentenzeit. Und Susanne läuft wie ein Geist umher und will nicht mehr leben!

Aber wen lädt er nun ein, und wen lädt er aus? Ob die Leute bei ihren Ehedramen eigentlich nie an ihre Freunde denken? – Ja, verdammt noch mal. Dann bleiben die eben auch zu Hause!

Wen hat er denn da noch? Manfred und Erika ... Du großer Gott! Statt sich zu trennen, wie das anständige Leute tun, versuchen sie seit acht Wochen, ihre sexuellen Probleme in einer Selbsterfahrungsgruppe zu lösen.

Wolfgang stöhnt auf: Soll ich mir vielleicht wieder den ganzen Abend anhören, daß Manfred sexuell verklemmt ist, weil er als Kind zu lange mit seiner Schwester in einem Zimmer geschlafen hat? Muß ich vielleicht wieder darüber diskutieren, daß Erika, trotz ihrer drei Kinder, nie einen Höhepunkt hatte, weil sie als kleines Mädchen immer nur Trainingshosen tragen mußte? – Nein, nein nein! Die werden auch ausgeladen!

Und Fräulein Matthies, meine reizende Kollegin? Liegt wegen Schlaftabletten im Krankenhaus – weil ihr Geliebter sie betrügt und ihr Mann nicht bezahlt.

Und Annette? Hat sich seit ihrer Scheidung aus der bürgerlichen Gesellschaft zurückgezogen. Schreibt einen Roman und ist lesbisch geworden.

»Verdammt«, ruft Wolfgang. »Sind die denn alle durchgedreht? Dann bleibt mir ja nur noch – meine eigene geschiedene Frau.«

Wolfgang greift zum Telefon. »Rita, ich wollt' nur fragen – wegen Silvester. Wenn ihr Lust habt, du und dein Robert, dann ...«

»Ach, das ist nett von dir. Aber Robert ist in letzter Zeit wieder so eifersüchtig – auf dich.«

»Na schön, in Ordnung. Dann schick mir wenigstens den Hund zum Feiern!«

»Aber das ist es doch gerade. Robert hat Angst, daß der Hund dich nicht vergessen kann.«

»Prost Neujahr!« sagt Wolfgang – und klappt sein Adressenverzeichnis zu.

Neujahrsbedenken

Als das alte Jahr
noch ein neues war,
war das alte Jahr,
das schon vorher war,
das alte Jahr.

Aber als nun gar
jenes alte Jahr,
welches vorher war,
noch ein neues war,
war das alte Jahr
noch kein Neues Jahr,
sondern gar nicht da.

Aber jenes Jahr,
das nicht da war, war
schließlich da, und zwar
als das Neue Jahr,
das nun alt ist. Ja!

Aber eins ist wahr:
daß das neue Jahr
mal ein altes Jahr
werden wird und gar
ein sehr altes Jahr,

das schon vorher war,
ja das glaubt man zwar,
weil es stets geschah –
aber Vorsicht da!

Denn kein Neues Jahr,
das noch gar nicht war,
ist als Jahr schon da.
Ist das klar?

Prost Neujahr!!